JN043022

皿の上のジャンボリー(上)

蜂須賀敬明

双葉文庫

皿の上のジャンボリー（上）

「これで、なぜ神が人に歯をお与えになったか分かっただろう」

——喉を詰まらせた子供を叱るアステカ人のことば

第一部

第一章　受肉

ねずみ色の空が、激しく雨を吐き出していた。舟板に打ちつけられた雨が、四方に飛び散っていく。聞こえてくるのは泣き叫ぶ風の声と、怒り狂う雷の響きだった。

黒い波が押し寄せ、小舟が右に左に大きく揺れる。いびつな音と共に、また舟から板が剥がされていった。

汚れたカーキ色の軍服に身を包んだ男は、寝転んだまま暗い空を見た。故郷の群馬では見たことのない、濁った空。穴が開いた左胸は、化膿している。

痛みや空腹は、とうに過ぎ去っていた。今はただ、灰色の空に稲光が走るのを、眺めている。

作戦は、失敗だった。

「用賀《ようが》の自宅を出た車は、三軒茶屋《さんげんぢゃや》の三叉路で足止めを食らう。仕立屋の隅《すみ》に、手榴弾を用意した。それで、この国の活路は開かれる」

藻多《もた》大佐は、この国、という言葉を使うとき、いつも鼻が大きく膨らんだ。真っ白く、大福のような丸い鼻。

仕立屋の看板の裏を調べても、掃除用具入れをひっくり返しても手榴弾はなかった。

代わりに自分の胸に弾が飛んできた。その日、初めて会った同志は頭を撃ち抜かれて、目を開けたまま死んだ。

男は貫かれた胸を押さえながら、地面に倒れ込み、赤黒く染まった手を見た。助けに来た同志に頭から布を被され、男の視界は何も映さなくなった。

銃声が響く中、二人がかりで荷台に担ぎ込まれ、男を乗せた車は走り出した。血は流れ続け、意識が数回飛んだ。眠りとも、昏睡とも呼べぬまどろみをさまよっていた男は、車から引きずり出され、間髪容れずに何かに乗せられた。

地面が、揺れていた。それが舟だと気付いたのは、目隠しを外されてからだった。視線の先には、藻多大佐がいた。

何か質問をしようにも、声が出なかった。男の戸惑いなど意に介さず、藻多大佐は白い鼻を真っ赤に膨らませた。

「この国は、修羅の道を選んだ。さらばだ、検見《けみ》」

藻多大佐の部下が、男の乗った舟を押した。何の返事もできないまま、舟は海流に乗って陸を離れていった。

男は護国精神の鑑《かがみ》と称され、軍の秩序を重んじ、天皇陛下への忠誠を誓い、上官に従い、部下を鍛え、粉骨砕身の精神で、国に命を捧げた軍人だった。その実、それらの思想が、どのような意味を持とうと、男にとってはただの言葉であり、心からその精神を信奉していたわけではなかった。

藻多大佐が男を自らの配下に引き入れたのは、腹の底で忠義のかけらもない男の本質を見抜いていたからだった。誰よりも愛国主義者である藻多大佐が、最も無政府主義の男を配下に置いたのは、磁石がS極とN極で構成されている奇妙さに似ていた。

この世は胡蝶《こちょう》の夢。幼い頃、村へやってきた旅芸人の見世物小屋で、花魁《おいらん》の格好をした女が、そう口にしたのが男の原点だった。男には、何かに夢中になれる人間が不思議に映った。この世は短い夢だというのに、なぜ、夢を見ようとするのか。

自分が軍歌を歌うと、腹を抱えて笑う同期の将校がいた。陛下の心痛を慮《おもんぱか》って、涙を流す上官がいた。故郷の許嫁《いいなずけ》を想って、身を焦がす部下がいた。男の周りの人々は、いつも何かに心を震わせていた。どのようなものであれ、男は一度でいいから、心が揺れるような思いをしてみたかった。

穀潰《ごくつぶ》しとして故郷を追い出された自分を身一つで支えるには、士官学校が必要であり、軍もまた男の力を必要としたが、力だけの関係が終わり、短い夢も今、終わろうとしている。

高波が舟を襲った。大きく口を開けた怪物のように、波は舟を飲み込み、男は海へ放り出された。視界が黒に染まる。海は冷たかったが、それも一瞬で身体は深淵に沈んでいった。

身体が深淵に横たわった。動かなかった身体が軽く、手や足の指先に感覚が戻っている。泡のぶくぶくという音も、耳に水圧が押し寄せてくる感覚も、身体を包んでいた海水の冷たさも、消えていた。

香ばしいにおいが漂ってきた。小麦の生地を焼くような香り。肉の脂が溶ける香りや、野菜を炒めたような複雑なにおいが、どこからともなく漂ってくる。そのにおいを嗅いでいると、長い時間をかけて黙らせた腹が、悲鳴を上げた。

男は、身体を起こして立ち上がろうとした。頭が重く、目を開けようとしてもなかなか力が入らない。

「目を開けてはなりません」

女の声が聞こえる。ささやくような優しい声。聞き覚えはなかったが、懐かしさのある語り。

目は開けない代わりに、息を吸ってみた。空気が鼻を通って、肺に入ってくる。ついでに、いいにおいも。胸に手を当ててみた。固まった血も、ウジがわいていた穴もない。痛みはどこかへ消え失せ、その代わりに苦しいほどの空腹が襲っていた。

向こうで、じゅわあ、という音が聞こえた。目を閉じていても、鍋に水を入れた音だということが、男にはわかった。

「ここは、どこだ。あんたは、そこで何をしている」

女からの返事はない。いなくなったわけではない。女が鍋の前で、香ばしいにおいと真剣に向き合っているのが、食器の音で伝わってきた。

蓋が開けられ、湯気が舞い、火が止められて、調理したものを鍋から皿に移そうとする、かちゃかちゃとした音が聞こえてきた。男はつばを飲み込む。調理場から伝わる熱気は、否が応でも男の腹をかき鳴らした。

足音が聞こえた。足音で、女の足が小さく、歩幅の狭さが伝わってくる。女が横に座った。においが近づいているのがわかる。香ばしいにおいだった。

「口を開けなさい」

言われるがまま、男は口を開いた。女の、ふうふうと息を吐く音が聞こえてくる。男は猫舌だったので、口を開けながら眉間に力を込めた。

男の唇に、柔らかいものが触れた。それは、女の唇だった。離れようとしたが、女は男の後頭部に両手を回し、逃がさない。女は咀嚼《そしゃく》したものを、男の口に移してきた。

男は吐き出そうとしたが、できなかった。その口の中に広がるうまみを吐き出すことなど、考えられなかった。

味わったことのない、うまみの広がりだった。肉の味がする。野菜のうまみも混ざっている。ショウガのようなにおいに、こしょうのツンとした風味。それらは、渾然一体《こんぜんいったい》となって一つの食べものを形成しており、男の記憶には存在しない味だった。

香ばしさに、段階を経て変わっていく風味。あふれるようなみずみずしさに、もっと食べたくなる挑発性。空腹や恐怖を忘れ、男は無我夢中で口の中のものを咀嚼したかったが、まるで胃の奥から手が伸びてくるように喉を通って、口という舞台を離れていった。

目を閉じているはずなのに、まぶしかった。氷が割れるように、黒い視界に光の線が交わっていく。もどかしさで、身体が爆発してしまいそうだった。

「あなたに芽生えたのは、交わりの枝」

まぶしさのあまり、うめき声を上げる男に、女は優しく声をかけた。

「世界を、餃子の枝葉で結ぶのです」

言葉の意味を考えている余裕はなかった。冷たかった男の身体は、血が沸騰したように熱くなっていく。

意識が散り散りになり、熱に意識が溶けていく。熱に抗いたくなる苦しさはなく、男は己の身体を熱に委ねていった。

第二章　邂逅

男が目を開けると、眼下に真っ青な海が広がっていた。海鳥が二羽、崖から生えた枝に降り立つ。潮風が吹きつけ、男からまどろみを奪っていく。

見慣れない場所だった。考え事をする前に、遠くから聞こえてくる騒ぎの音が大きくなっていく。海と反対側の崖下に見える村の広場で、村人と軍服を着た男たちが言い合いをしている。

軍人を相手に、一歩も退《ひ》かず言い返しているのは一人の女だった。長い髪を腰のあたりで束ね、チマチョゴリを着ている。士官学校時代、朝鮮出身の同期に連れられて、東京の朝鮮人街に誘われたときに見たものは、もっと色が鮮やかでつやつやした素材だったが、女が着ていたチマチョゴリは、地味な小豆《あずき》色をしていて、あせている。女の後ろでは、年老いた村の女や子供たちが身を寄せ合っていた。

集落の家から、もくもくと炊事の煙が上がっていた。香ばしく、男の胃袋をかき立てるにおい。こんなにおいを嗅いでしまったら、我慢などできなくなる。

目を血走らせた男は、立ち上がって叫び声を上げた。

「そいつは、俺のモンだァ！」

その叫び声を聞いて、チマチョゴリを着た女は崖の上を見つめたが、押しかけてきた軍人が声を荒らげた。

「何度言ったらわかるのだ！　ほんの少し食事を恵んでほしいと、日本男児が頭を下げているのだぞ」

少年のようにぱっちりとした二重まぶたに、厚い口ひげをたくわえ、頰がげっそりとこけた軍人の男は、チマチョゴリの女と対峙していた。どんな相手でも、ここまで大きな声で威圧すれば、大抵は諦《あきら》めてこちらの言い分が通るものだが、女は頑強だった。

「アンタこそ、何回言わせるのよ！　こっちは、アンタたちみたいな連中が、勝手に食糧を持って行っちゃうから、切り詰めてるのよ？　米粒一つだって、分けてやれないわ！　他を当たることね」

「この朝鮮の安全は、我らが守っているのだぞ？　すべてを寄こせと言っているわけではない。握り飯一つでもかまわん。もう野草は食い飽きた。若い兵は餓死寸前なのだ」

軍人の男の言葉は、チマチョゴリの女をさらに激高させるだけだった。

「朝鮮の安全を守ってるなら、アタシたちから食いものを奪おうとするのはおかしいんじゃないの？」

軍曹の横で、舌打ちをしながら女を見下ろしていた面長の部下が耳打ちをしてきた。

「黙らせましょう、九鬼《くき》軍曹。この手の女は、ぶん殴っておけばいいんですよ」

「バカもん！　我らは日本男児なのだぞ！　いくら腹が減ったからといって、そんな盗賊まがいのことができるか！」

面長の部下は、日本男児という言葉を聞き飽きていた。絶望というほかない方向音痴の軍曹が上官になってしまい、遭難や迷子になるのは日常茶飯事。今回の遭難は強烈で、すでに数名の部下が逃走している。

面長の部下がチマチョゴリの女に詰め寄った。

「最後の忠告だ。食糧を供出しろ」

「アンタたちに食わせるものなんてないわ！」

チマチョゴリの女が力一杯叫び、面長の部下の腹は決まった。下げていた銃剣をつかみ、剣先を女に向けたそのとき、その場にいた誰もが、忍び寄る影に気付いていなかった。

面長の部下は、女の後ろから何かが飛び出してくるのを見た。それが、最後の映像だった。長い顔を片手でつかまれ、勢いよく地面に叩きつけられた。速さと予期せぬ動きに、面長の部下は一瞬で気を失う。

「て、敵襲！」

軍曹は、声を裏返して叫んだ。面長の部下を戦闘不能にした男は、肩で息をしながら顔を真っ赤にして、目を血走らせていた。そのすごみのある顔に、軍曹は心臓を射貫かれるほどの衝撃が全身を襲った。

「検見軍蔵《ぐんぞう》！　貴様、なぜこんなところに！」

九鬼軍曹の前で、獣のように息をする男は、士官候補生時代にみっちりしごいてやった部下に似ていた。軍部に何のコネもなく、実力だけで出世の道を歩んでいた検見軍蔵は、九鬼軍曹にとって、鼻持ちならない存在だった。

検見軍蔵は、九鬼軍曹の《特訓》に音《ね》を上げなかった唯一の男だった。冬の朝、乾布摩擦のときに冷水を浴びせ、そのまま昼まで校庭で走り込みをさせても、夏に冬用の野営装備をさせて山中行軍の訓練をさせても、膝をつこうとはしなかった。

この男には、忠義が欠落している。それが、九鬼軍曹の最終評価だった。検見軍蔵のような男を軍部に置いておくのは危険だし、中枢に採用されるなどもってのほかだった。九鬼軍曹が最も尊敬する軍人、藻多大佐が検見軍蔵を自らの配下に置いたと知ったとき、軍曹の自尊心は大いに傷ついた。

面長の部下・六浦《むつうら》上等兵を倒した獣のような男は、検見軍蔵に似ていたが、ここまで闘志にみなぎった姿を見たことは一度もない。

「軍曹殿、知り合いでありますか？」

深くくぼんだ目に、薄ら笑いを浮かべている背の低い部下・三条《さんじょう》上等兵が、問いかけてきた。

「元教え子に似ているが、構わん！」

軍曹が言葉を言い終える前に、軍蔵は兵たちに襲いかかっていった。

丸腰の軍蔵に、銃剣を持った兵たちが負ける理由はない。一斉に取り囲んでしまえば、それでおしまいのはずだった。

軍蔵は兵たちの急所を的確に殴り、迫ろうとする兵に突進して首を絞めていく。士官学校の相撲大会で横綱に輝いた軍蔵に四つを組まれたら、どんな荒武者も地面に叩きつけられてしまう。部隊が崩壊していくことに気付いた九鬼軍曹は、軍蔵を羽交い締めにした。

「私が押さえている！　今のうちに刺し殺せ！」

九鬼軍曹の捨て身の行動にもかかわらず、部下たちは及び腰になっている。軍曹は全身に力を込めて、猛獣に語りかける。

「貴様ァ！　なぜこんなところでふらふらしている！　まさか、逃げ出したわけではあるまいな？」

軍蔵は元上官を背中から地面に叩きつけ、拘束から解かれると首筋に思い切りかみついた。首と肩の間の神経や筋がぶちぶちと切れる音が、九鬼軍曹の耳に届く。痛みのあまり、叫び声すら上げることができない。

「軍曹殿！」

軍蔵の牙が、九鬼軍曹の肩に深く食い込んでいく。二人がかりでないと、九鬼軍曹にかみつく軍蔵を引き剝がせなかった。口の周りを血だらけにした軍蔵は、改めて部隊の兵たちをにらみつける。何人かは逃げ出しており、くぼんだ目の三条上等兵が、隙を見て九鬼軍曹を引き寄せた。

「何をしている！　やつを黙らせろ！」

九鬼軍曹の心はまだ折れていなかった。

「ここは撤退しましょう！　このままでは全滅してしまいます！」

部下に命令されて撤退するなど、軍規を重んずる九鬼軍曹には考えられないことだったが、このままでは本当に全滅しかねない。部下たちは負傷した九鬼軍曹に肩を貸し、後退していった。軍蔵は、血に染まった口を、乱暴に右手で拭った。

軍蔵は村に視線を移した。そのとき、チマチョゴリの女が軍蔵に不意の一撃を食らわせた。鉄鍋で後頭部を殴られてしまえば、さすがの軍蔵も両足で立ってはいられず、顔から地面に倒れ込んでいった。

身体の煩《わずら》わしさが、軍蔵の目を覚ました。あぐらをかいた両足が縄でぐるぐる巻きにされ、両手は土間の支柱に縛られている。頭の鈍痛はまだ続いていたが、意識ははっきりとしてきた。ボロボロの服を着た子供が、じーっと軍蔵の顔を見ていた。軍蔵の目覚めに気付くと、子供はとことこと奥の部屋に消えていった。

部屋を見回していると、チマチョゴリの女が現れた。手には、鋤を握っている。

「仲間割れなんて、みっともないわね。後で独立運動の活動家に引き渡してやるんだから」

軍蔵は、鼻をクンクンと動かした。男を突き動かした、あの香ばしいにおいは消えてしまっていた。訓練でも、海で遭難したときも、空腹のスイッチを切るすべを、軍蔵はわきまえていたが、今は、その機能が故障している。腹が減っていることに気が付くと、わなわなと身体が震えてくる。軍蔵に向かってずっと文句を言っていた女は、問いただしてきた。

「ちょっとアンタ、聞いてるの?」

女の恫喝は、軍蔵に何の意味もなさなかった。

「さっきのあれは、どうした」

「あれ？　何のことよ」

そう聞かれてはじめて、軍蔵は自らの命を救った、香ばしい食いものの名前を知らないことに気付いた。

「あの、香ばしいにおいがする、あれだ」

チマチョゴリの女は、首をかしげる。すぐに合点がいき、腰に手を当てて笑みを浮かべた。

「マンドゥのことね。残念、もう全部食べちゃったわ」

村を食糧庫のように考え、好き勝手に食べものを持って行く軍人に食わせるものなどない。ちっぽけな復讐でも、女がこれまで味わってきた苦境を思えば胸のすく思いだった。

軍蔵は首を下げて、動かなくなった。どこからともなく、すすり泣く声も聞こえてくる。奥の部屋を見ても、子供たちはきょとんとしているだけで、誰も泣いてはいない。

泣き声は次第に大きくなっていく。

女が視線を戻すと、軍蔵が涙と鼻水を垂らしていた。

「汚っ！」

いい年した身体の大きい大人が、腹が減って泣きわめいている。

「何泣いてるのよ！　アンタに泣く権利なんてないわ！」

女がどれだけ叱りつけても、軍蔵の嗚咽《おえつ》は止まらない。外にいた村の犬まで吠え始める。

「こ、こいつが悪いのよ。勝手に村に押しかけてきて！」

ずっと見ていた子供たちに弁明するように、女は身振り手振りで示していると、おばあさんが土間の戸棚を開けた。取り出した皿には、焼き目のあるまんじゅうのようなものが載せられている。それを見て、チマチョゴリの女は叫んだ。

「ハルモニ！　全部食べてなかったの？」

おばあさんは女に皿を渡し、むにゃむにゃと何かを言って寝室へ戻っていった。

女は泣きわめく軍蔵の肩をぽんと叩いた。

「これ、アンタの分だって。助けてくれたお礼、だそうよ」

女は納得していなかったが、軍蔵の涙がぴたっと止まる。縛られた軍蔵は両手が使えない。またしても泣きそうになったので、見かねた女は、乱暴にまんじゅうを口に押し込んだ。

軍蔵は、力一杯咀嚼した。長い間もぐもぐとかみ続け、また大きな声で泣き始めた。

「感謝しなさいよ。泣くほどおいしいの？」

しゃくり上げながら、軍蔵は返事をする。

「……あんまりおいしくない」

女は軍蔵の胸ぐらをつかんだ。

「なら、今すぐ吐き出しなさい！」

女は飛びかかったが、軍蔵の口は鉄門のようにがっちり閉じている。軍蔵はすすり泣きながら言った。

「お前に頼みがある」

まだ女は軍蔵の顔を引っ張っていた。

「何よ！」

「今度は、俺に口移しで食わせてくれないか」

軍蔵の頬に、女の強烈な張り手が決まった。


崖上の森から、夜の鳥の声が聞こえてくる。耳を澄ませば、海の音も響いている。土間の向こうの寝室には、おばあさんと子供たちが眠っていた。夜も更《ふ》けているというのに、チマチョゴリを着た女は絶えず部屋を行き来して荷物をまとめたり、家のあちこちに食糧を隠したりとせわしなかった。

寝室から、またおばあさんがやってきた。袖が汚れた薄いボロを身にまとっている。歯は抜けていて、耳も遠くなっていたが、にこやかに笑った顔には人なつっこさがあった。朝鮮語でむにゃむにゃと軍蔵に話しかけてくる。朝鮮語に多少造詣があった軍蔵だったが、かなり訛《なま》っていて一言も分からない。おばあさんが軍蔵に話しかけているのを見つけた女は、布団に戻るように促す。おばあさんは一礼して、部屋に戻っていった。


女はため息をついた。

「ハルモニが礼を言っていたわ。助けてくれてありがとう、って」

軍蔵にそのつもりはなかったので、合点がいかない。女は軍蔵を縛り付けている縄を見た。

「それを外してやれとも言っていたわ。その前に、アンタ、名前は？」

「検見軍蔵だ」

「アタシはウンジャ」

ウンジャは名乗るか迷っていたが、筋は通しておくことにした。

「日本語がうまいな」

ウンジャの発音には朝鮮の訛りがなく、群馬からやってきた軍蔵よりも東京の発音に近い。

「質問をしているのはアタシ。アンタ、脱走兵か何かなの？　さっきの軍人たちと知り合いだったみたいだけど」

さっきの軍人と言われても、空腹にかき立てられてなぎ倒した連中の顔など、もはや頭の片隅にもなかった。

「脱走兵ではない。任務に失敗して、舟で海に流された。何日も漂流して、最後には海に放り出された。ここは、どこなんだ？」

「釜山《プサン》の北にある小さな村よ」

「釜山？　朝鮮のか？」

「朝鮮以外のどこに釜山があるのよ」

ウンジャが嘘を言っている様子はない。家の造りや棚に入っている食器の色、厨房に置かれた鍋の種類や、空気のにおいが今まで日本では感じたことのないものだった。

「どうやって朝鮮に流れ着いたのか、まるで記憶がない。覚えているのは、においだけだ」

「におい？」

ウンジャは軍蔵に向かい合うようにして、腰掛けた。

「俺は、海に沈んだはずだが、そこで一人の女に出会った。女は、俺にこんがりと焼けた生地に包まれたまんじゅうのようなものを食わせてくれた。中には熱々の肉や野菜がまぜこぜになっていて、とてもいいにおいがした。女は、俺がやけどしないように、自分の口で咀嚼して、口移しで食わせてくれたんだ」

「アンタ、頭に海水が入っておかしくなったんじゃないの」

ウンジャは腕を組んだ。

「それを食わせてもらったら、もう死ぬわけにはいかない。この焼いたまんじゅうを、もっと食いたい。そんな風に、何かを望んだのは、生まれて初めてだ」

ずっと無愛想だった軍蔵は、焼いたまんじゅうの話をするときだけ、子供のように頰が緩んだ。

食事になど執着せず、軍務に心血を注ぐのが軍人の模範ならば、軍蔵の今の姿は退廃しきっている。戦時中でありながら、食いものに陶酔する軍蔵の姿は、ウンジャがこれまでに見たことのない日本兵だった。

「さっき食わせてくれたのは、何という食いものだ？」

「あれは、マンドゥよ。マズくて悪かったわね」

ウンジャに嫌味を言われ、軍蔵は頭を垂れた。

「すまない。香ばしいにおいを嗅いで、俺はてっきり海の底で食ったのと同じものが食えると思ったんだ。マズいというのは少し違う」

味の記憶をたどろうとする軍蔵の表情は、真剣そのものだった。

「俺が食べたものは、もっと皮が薄かった。具が細かく刻まれていて、肉や野菜が入っているのはわかったが、調和していて中身の判断ができない。口に入れたときの熱に、鼻を抜けていく脂のいいにおい、かめばかむほどうまみがにじみ出てくる食感。もう一度、あれを食いたい。あれが何という食いものだったのか、俺は知りたい」

悩む軍蔵に、ウンジャは救いの手を差し伸べた。

「アンタが探しているの、餃子ってやつかもしれないわよ」

「餃子？」

軍蔵は、目をかっと見開いた。

「マンドゥは朝鮮の料理で、小麦粉を練った皮に、肉や野菜を混ぜて包んだものを、焼いたり、煮たり、蒸したりして食べるの。支那《しな》にも餃子っていう、具を皮で包んだ料理があって、それが元となって朝鮮や台湾やいろいろな地に広がっていったんじゃないかって聞いたことがあるわ」

「餃子……」

軍蔵は、その言葉を口にしてみた。鍵穴に、鍵が上手に差し込まれたときのような感覚が、軍蔵を襲う。

「そうだ、俺が求めているのは、その餃子だ！」

軍蔵は、縛られた身体をもぞもぞさせて笑った。呆れるウンジャをよそに、軍蔵は大きな声で宣言した。

「決めたぞ！　俺は、究極の餃子を見つけ出す！」

「究極の餃子？」

意気揚々とする軍蔵に比べ、ウンジャは冷静だった。

「俺が食ったのは、究極の餃子だ！　あんなにうまいものは、もっと多くの人間が食わなければならない！　究極の餃子を探し求め、広く普及させることこそ、俺が新たに与えられた使命だ！」

恍惚《こうこつ》の表情を浮かべていた軍蔵は、首をぐいっと横に動かしてウンジャを見た。

「あのマンドゥは、誰が作ったんだ？」

扉の隙間からおばあさんと子供たちが、二人のやりとりをのぞき込んでいた。それに気付いたウンジャは、奥に引っ込んでいるよう手で合図を送りながら返事をする。

「あれは、ハルモニとアタシで作ったのよ」

「おばあさんに頼みがある」

「まさか、ハルモニに口移しをさせようっていうんじゃないでしょうね」

ウンジャは寝室の扉を塞ぐように立った。軍蔵は、頭を下げた。

「俺に、マンドゥの作り方を教えてくれ」

予想していなかった一言に、ウンジャは肩の力が抜ける。

「はぁ？」

「俺には、餃子の知識が欠落している。マンドゥは、究極の餃子とは異なる食いものだったが、共通する点もあった。餃子の経験を積み重ねていけば、いつか究極の餃子にたどり着ける。究極の餃子をこの手で生み出し、広くそれを届けることができるのは、俺だけだ。おばあさん、あなたが知っているマンドゥのすべてを、俺に託してくれ」

おばあさんは、むにゃむにゃと何かをつぶやいていた。ウンジャはおばあさんに二言三言、朝鮮語で何か反論をしたが、諦めたように軍蔵に近づいた。軍蔵は拘束を解かれ、晴れて自由の身となった。

おばあさんのにこにこ笑う顔を見て、弟子入りを許可されたことを軍蔵は察した。

「ありがとう」

「ケンチャナヨ」

他にも何か口にしていたが、軍蔵が理解できたおばあさんの言葉は、その一言だけだった。

ほどいた縄をまとめながら、ウンジャはおばあさんの横に立つ。

「まだ、アンタのことを信じたわけじゃない。下手なまねはしないこと。それと、ここでマンドゥを学ぶのなら、きちんと働いてもらうから。そのつもりでいなさい」

「望むところだ」

軍蔵は力強くうなずいた。かつて、心躍るような思いをしてみたいと願っていた検見軍蔵は、死んだ。今、グンゾーとなった男は、究極の餃子への道に、興奮と期待で胸を膨らませていた。

第三章　マンドゥ

厨房は惨憺《さんたん》たるありさまだった。貴重な白菜はぐちゃぐちゃに切り刻まれ、水を含みすぎた小麦粉がどろりと散らばっている。まな板には乱暴な傷ができていて、鍋がいくつもひっくり返っていた。当の本人はやりきったような顔をしているのだから、ウンジャは怒る気にもなれなかった。

体中を粉や汁まみれにしたグンゾーに、ウンジャは尋ねた。

「一応聞くけど、アンタ、料理の経験は？」

「包丁を握ったのは、今日がはじめてだ」

あれだけ堂々と究極の餃子を作ってみせると宣言したのだから、それなりに料理の心得があると踏んだのは、ウンジャの買いかぶりだった。

少ない備蓄を無駄にするなんて、とは言わなかった。グンゾーが真剣に料理に取り組んだ結果であり、ことあるごとに小さな手帳に何かを書き込んでいた。グンゾーの好きなようにやらせていたウンジャは、自ら厨房に立った。

「アンタは、アタシがやるのをよく見てなさい」

「よろしく頼む」

ウンジャはこね鉢に小麦粉と熱湯を入れ、手際よく練り始めた。

「お湯はあんまり入れすぎないこと。力一杯に潰すんじゃなくて、粉の全体に水分を広げていくような感じにするといいかな。何でもかんでも思いっきりやればいいってもんじゃないのよ」

試しにグンゾーも練ってみたが、生地の熱さに思わず声が出た。

「こんな熱いものによく触れるな」

「これぱっかりは慣れね。熱いうちにやらないとおいしくないから」

小麦粉を広げた木の台に、練り終えた生地を載せて、しばらく休ませたら再びこねて、濡らしたふきんを重ねて十五分ほど寝かせた。

「これに何の意味があるんだ？」

「生地は水分が飛んじゃうとおいしくないから、こうやって補うの」

生地が仕上がったら、麺棒で広く伸ばす。

「薄すぎると破れちゃうし、厚すぎるとおいしくない。均等になるのを意識するのが大事。皮は、マンドゥの基本であり命よ。どれだけおいしい具を入れても、皮がしっかりできていないと台無しになってしまうから」

きれいな円形に広げられた生地に、逆さにしたお椀を当てて手のひらの大きさに切り取っていく。型抜きのような要領で、ウンジャはあっという間にマンドゥの皮を積み重ねた。

「次は具ね」

貯蔵庫から白菜とニラを持ってきたウンジャは、グンゾーに外で保存している壺を持ってくるよう指示した。

「マンドゥに、これを入れなければいけないっていう決まりは特にないの。刻んだ具が入っていれば、後は作る人の自由。本当なら、豚肉を使いたいところだけど、あいにくそんな高級品はない。干したイカがあるから、それを戻して具にしましょう」

「それでも充分うまそうだ」

手帳に細かくメモをしながら、グンゾーはつばを飲んだ。

「朝鮮では、野菜をよく食べるの。ナムルといって、茹でた野菜や山菜に、ごま油やいりごまなんかで味をつけたものを作ったり、保存が利く漬物をおかずにしたりする。その中でも欠かせないのが、これね」

ウンジャが蓋を開けると、中には酸味やニンニクの強い香りを放つ真っ赤な漬物が入っていた。グンゾーはこわごわと壺のにおいを嗅いでみたが、気化した辛さと酸味でむせてしまった。

「ひどいにおいだ」

「失礼しちゃうわね。このキムチこそ、朝鮮の食事には欠かせないものよ。試しに食べてみなさい」

よく漬かったキムチを取り出して、小さく刻んだものを、ウンジャはグンゾーに食べさせた。辛いものに慣れていなかったグンゾーは、辛さだけでなく、発酵した酸味や強い塩味で吐き出しそうになる。それをこらえて咀嚼を続けていると、徐々にうまみが広がっていく。日本の漬物と違い、刺激が強く、身体が熱くなってくる。もだえるグンゾーの姿を見て、ウンジャは声を上げて笑った。

「キムチも、家庭によって味が全く異なるわ。この村は海が近いから、新鮮な小エビや魚醤《ぎょしょう》が入っているし、辛みを抑えたければリンゴや果物を入れることもあるの。どう？」

「この濃密で強いうまみは、あまり食べたことがない。見た目やにおいは強烈だが、白飯ともよく合いそうだ」

ウンジャは自慢げだった。

「このキムチはハルモニ特製なんだけど、アタシじゃここまでの味にならないわ。これもマンドゥの材料にしましょう。熱を加えると、味わいも変わってくるから」

水で戻してあったイカをみじん切りにし、ニンニクや酒を加えてよく混ぜた。それらと混ぜ合わせる前に、刻んだ白菜とニラ、キムチをウンジャは強く絞った。

「こうして、よく野菜の水分を切っておかないと焼いたときに中から水が出てきて、べしょべしょになっちゃうの」

「うまみが逃げないのか？」

「野菜って、アンタが思っているよりたくさん水分を含んでいるのよ」

イカと刻んだ野菜を入れ、ウンジャは丁寧に混ぜ始める。

「ここもしっかりと混ぜること。きちんと混ぜないと具がバラバラになっておいしくないの。ここで、ごま油や塩、魚醤にニンニクを加えて味付けをしていく。せっかくだし、これも入れちゃいましょうか」

ウンジャは細かく刻んだ唐辛子も具に加えてしまった。

「おい、そんなに入れたら辛いんじゃないのか」

「刺激がなければ、食事は退屈でしょ」

混ぜ終えた具を、ウンジャは用意したへらで皮にのせて包んでいく。

「コツはあんまりたくさん入れようとしないことね。マンドゥは皮で中の具を閉じ込めて熱を加えるの。閉じるのが甘かったり、穴が開いていたりすると、そこからうまみが逃げていくわけ。マンドゥに開いた穴から、幸せは逃げていくの」

「それは朝鮮の格言か何かか？」

「いいえ、ハルモニの教えよ」

グンゾーのマンドゥ包みは散々だった。具は入れすぎるし、皮は破くし、触りすぎて形も悪い。懸命に挑戦するグンゾーを、ウンジャは静かに見守っていた。

「最後に包んだマンドゥの左右を、具を囲むようにしてくっつける。おへそみたいな形になったでしょう？　丸っこくできたら完成よ」

完成したマンドゥは、誰が作ったのか一目で判断できる仕上がりだった。調理を見守っていたハルモニはグンゾーのマンドゥを見て、またむにゃむにゃと笑った。

「次は焼く工程ね」

ウンジャは油をひいた鉄鍋を熱して、かまどの火の具合を確認した。

「マンドゥはいろんな調理法があって、焼いたものはクンマンドゥ。蒸したものはジンマンドゥ。茹でたものはムルマンドゥ。アンタが食べた焼餃子に近いのは、クンマンドゥね。クンマンドゥもたっぷりの油で揚げたものもあるんだけど、今は油も貴重だから焼くやつしかできないわ」

「かまわない。焼いたものが食いたいんだ」

鉄鍋が温まったのを見て、ウンジャはマンドゥを手早く並べた。

「表面に焦げ目がついたら、上から熱湯をかけて蓋をするの」

熱々の鍋にお湯を流して、じゅわぁ、という音と共に水蒸気が上がる。それを見て、グンゾーは目を見開いていた。

「この音だ。俺が海の底で聞いたのは」

「水がなくなって、香ばしいにおいがしてきたら完成。蓋は盛り付けるときまで開けないこと。日本でも言うでしょう？　赤子泣いても蓋取るな、って」

「開けないと焼けてるかどうかわからないぞ」

「音とにおいで判断するの。はじめは、小麦粉が溶けた生温かいにおいがするけど、じきに香ばしさに変わってくる。目だけじゃなくて、耳や鼻でも確認するのが大事」

「全身で感じろということか」

グンゾーは手帳を握ったまま、まだかまだかと言わんばかりにそわそわしていた。

「そろそろね」

鉄鍋の蓋をさっと取り、ウンジャは器用に皿に盛り付けた。きつね色の焼き目がついた丸形のマンドゥが、皿の上で湯気を立てていた。

「おお！」

マンドゥの皮はキムチと唐辛子で赤く染まっていた。食事のにおいを嗅ぎつけた子供たちが、ぞくぞくと集まってくる。座敷の真ん中に皿を置き、グンゾーは銀色の箸を渡された。行儀よく食べなさいとウンジャは朝鮮語で注意したが、腹を空かせた子供たちは熱いマンドゥを手づかみで食べ始める。早速グンゾーも箸を伸ばしてマンドゥを口に含んだ。

猫舌だとわかっていても、かぶりつきたくなる風味だった。徐々に熱さに慣れてくると、野菜のうまみとキムチの香りが鼻を抜けていく。キムチは漬物で食べたときよりも甘みが増しており、味がより濃くなっている。細かく刻んだイカの風味も残されていて、海鮮のにおいが強かった。

「どう？」

一口も手をつけていなかったウンジャは、グンゾーの評価が気になっていた。熱さにもだえながら、グンゾーが言った。

「これはうまい！」

その一言を聞いて、ウンジャもマンドゥを口にした。興奮したグンゾーは勢いのまま話し続ける。

「あれだけ水分を出したのに、うまみを含んだ汁があふれてくる。キムチをマンドゥに包むと、角が取れてまろやかになるな。野菜とイカだけなのに、食べた満足感は肉に負けていない。俺が食べた究極の餃子とは、味も形もまるで異なるが、これは実に美味だ」

さらに何か話そうとしたグンゾーに、唐辛子の辛味が後から襲いかかってくる。咳き込むグンゾーを見て、子供たちやハルモニは笑った。

「唐辛子を入れすぎだ！」

グンゾーは涙目になって舌を出している。

「朝鮮は寒いの。普段から唐辛子を食べて、身体を温めておかないと」

辛いと文句は言いつつ、グンゾーは二つ目のマンドゥに手を伸ばしていた。子供たちはわざと咳き込んでグンゾーのまねをしている。

食事が終わると、月が昇っていた。食器を入れたかごを背負いながら、グンゾーは先を行くウンジャに続く。収穫の終わった小麦畑の向こうに山が見えた。吹き付けてくる風は肌寒く、朝鮮には秋が訪れようとしていた。

「この村には、男手がないんだな」

グンゾーはかごから食器の重なり合うかちゃかちゃという音を立てながら、ウンジャに問いかけた。

「この辺りの村は、集団で満州《まんしゅう》に移住したらしいの。残っていた若い男は兵に取られたり、他の村に移ったりして、残っているのはハルモニと子供たちだけ」

「お前はここの出身じゃないのか？」

ウンジャは長いチマチョゴリの袖をまくっていた。

「アタシは元々、ソウルに住んでいたの。夫が戦死して家もなくなって、釜山に向かったところを、ハルモニに助けてもらったわけ。ハルモニは、しょっちゅう街に出て、行き場のない子供たちを拾ってくるんだけど、アタシもそういう子供の一人っていうわけね」

集落から井戸までは、歩いて五分もかからなかった。水場で、グンゾーはウンジャの皿洗いを見よう見まねで手伝おうとする。加減がわからず、銀の食器がみしっという音を立てた。

「手伝わなくていいわ。これじゃ食器がいくつあっても足りない」

素直に従ったグンゾーは、長椅子に腰掛けてウンジャを観察した。食器洗いだとしても、餃子に関することは逐一メモするクセが付いていた。

「アンタ、ほんとにヘンな日本人ね」

ウンジャは湿らせた布で、食器を一つずつ洗っていく。

「日本の男は家事なんて手伝わないものでしょ。厨房に立つのは女の仕事だって言うくらいだし」

「死んだ夫は、日本人だったのか」

身の上話などするつもりはなかったが、ウンジャは月明かりを反射させるお椀を洗いながら言った。

「徴兵されて、しばらくして戦死の知らせが届いたわ。華奢《きゃしゃ》な人だったから。あの人を戦わせようとした方がバカなのよ」

手の動きを止めずに、ウンジャは話を続ける。

「あの人を必要とするくらいだから、戦況はひどくなっているみたいね。朝鮮にいた兵も、南方に送られて、数が減っている。この間みたいな脱走兵も見かけるようになったし」

脱走兵と言われても、グンゾーはよく思い出せなかった。

「この好機を利用して、朝鮮を独立させようとする活動家がこの辺を拠点にしているの。独立運動の連中も食べものを要求してくるし、日本の飢えた脱走兵が食糧を分けてくれとやってくるし、村はもう限界に近い」

「お前は、独立運動に協力しないのか?」

手を止めて、ウンジャはグンゾーを見た。

「そこはふつう、驚くところなんじゃないの?」

「俺はもう廃業した」

グンゾーは熱心にメモを書き加えていた。

「任務に失敗したって言ってたけど、元の部隊に戻らないといけないんじゃないの?」

「軍は居場所を求めて入っただけだ。俺の今の居場所は、餃子だ」

食器洗いを再開して、ウンジャは言った。

「アタシは畑でとれた野菜を漬物にしたり、釣ってきたいわしをみんなで魚醤にしたり、ふつうの暮らしがしたいだけ。そういう意味では、アタシもアンタと似ているかもしれないわね」

「お前の食い意地と、俺の餃子への崇敬の念を一緒にされては困る」

「アンタね……！」

反論しようとしたとき、グンゾーが突然ウンジャの濡れた手をつかんだ。銀色の食器が地面に落ちて、からんと音を立てる。さらにグンゾーはウンジャの口を手で塞ぎ、井戸の裏にあった藪《やぶ》に連れ込んだ。ウンジャはもがき、グンゾーの顔を引っ張ろうとする。

「何するのよ！」

「音を立てるな。誰か来る」

そう言ってグンゾーは、ウンジャを地面に伏せさせた。グンゾーもウンジャに並ぶようにして腹ばいになる。ついに本性を現したかと、ウンジャは身体をこわばらせたが、道に人影が見えた。

「軍曹殿！　水場がありましたよ！」

声の主は、面長の軍人・六浦上等兵だった。ひどくやつれていたが、水を確保したことでほっとした声を上げた。後ろを歩いていた九鬼軍曹と小柄な三条上等兵は、枯れ木を杖にして歩いている。

「あいつら！」

ウンジャは小さく声を出した。

「食器が落ちているな。まだ水滴がついている」

察しのいい六浦上等兵は、ウンジャが置き去りにしたお椀を手に取って、藪に近づいてくる。ウンジャはごくりとつばを飲み込んだが、九鬼軍曹の声が聞こえてきた。

「何をやっている！　早く水を飲め」

直前のところで、六浦上等兵はきびすを返していった。おいしそうに水を飲む九鬼軍曹とは裏腹に、三条上等兵は喉を潤してもなお表情が暗かった。

「また生き延びてしまいました。もうおしまいです。部隊もとうとう我々だけになってしまいましたし、こんなことなら何も食わず、飲まず、死んだ方がいいのかもしれません」

弱音を吐いた三条上等兵に、九鬼軍曹の拳が飛んできた。

「バカもん！　これくらいで音を上げるなど、帝国軍人の名が廃《すた》る！　生き延びて、軍務を全うすることこそ武人の誉《ほま》れ。部隊とはぐれたからと言って、泣きわめくやつがあるか！」

飢えた今となっては、美辞麗句がむなしく響くだけだった。お椀で水を飲みながら、六浦上等兵は冷静に言った。

「このままさまよい続けていては、我々が脱走したと思われかねませんよ。いい加減、どこかから食いものを手に入れないと」

「我々は軍人だぞ？　盗人ではない！　陛下から遣《つか》わされた兵だという自覚を持て！」

「いつまでもそんなきれい事言ってる場合じゃないでしょうに」

九鬼軍曹の理想論に付き合わされるのに慣れていた六浦上等兵は、きちんと別案を用意していた。

「この辺りに、朝鮮の反乱分子が潜伏しているらしいですよ。やつらの根城を押さえれば、食糧はあるでしょう。逆賊の巣を叩くのですから、部隊に戻ったら恩賞だってもらえるかもしれません」

「何だと？」

この手の話題に、九鬼軍曹が食いつくのは想定済みだった。九鬼軍曹は立ち上がったが、首筋に痛みが走り患部を手で押さえた。

「クソぉ！　検見軍蔵めぇ！」

突然名前を呼ばれたことで、グンゾーは怒れる男の正体に気付いたようだった。

「あれは、九鬼軍曹ではないか」

ウンジャは呆れていた。

「アンタ、気付いていたんじゃないの？」

「何のことだ？　どうして九鬼軍曹がこんなところに」

九鬼軍曹は痛みをこらえて夜空に拳を掲げた。

「周りの連中は、ヤツを帝国軍人の鑑だと褒めそやしていたが、性根は忠義のかけらもないコウモリだ。私は心からの忠義を教え込むため、死ぬほど《特訓》もしてやった！　あろうことか藻多大佐はヤツにかどわかされ、陸軍は病を抱え込むことになったのだ」

六浦上等兵の興味を引いたのは検見軍蔵ではなく、藻多大佐だった。

「藻多大佐って、あの侍従《じじゅう》武官のですか？　俺も噂では聞いたことがありますよ。とんでもなく頭が切れる方だと」

軍の噂話に詳しかった三条上等兵も、話に乗ってきた。

「藻多大佐は、侍従長や陸軍大臣も一目置く方ですよ。教え子がそんな方に認められるなんて、すごいことではありませんか」

褒めたつもりだったが、九鬼軍曹は顔を真っ赤にして叫んだ。

「私は危険人物を送り込んでしまったのだぞ！　この傷を見てみろ」

遠山の金さんのように肩をさらけ出して、九鬼軍曹はグンゾーにかまれた傷を見せた。

「あんなめちゃくちゃな戦い方をするような男だ！　野放しにしておいては、軍の秩序が乱れる！　ヤツを指導した身として、ヤツに裁きを下すことが、私の使命なのだ！」

九鬼軍曹ほど、六浦上等兵は追討に興味がなさそうだった。

「どうして侍従武官の腹心が朝鮮になんているんでしょう。別の部隊に配属されたのか、それとも」

六浦上等兵の推察を止めたのは、がたがたと震える三条上等兵だった。

「それ以上はマズイよ、六浦。藻多大佐に選ばれるような人が、朝鮮にいるってことはきっと、僕らが知っちゃいけないような任務の途中だったんだ。僕らはそんな重要人物を攻撃してしまった！　こんなの、不敬罪だ！」

「あの検見軍蔵に、そんな大役を担わせるほど、藻多大佐は愚かではない！　大義を前に逃げ出して、朝鮮に流れ着いたのだ。ここで会ったが百年目、二度と故郷の地は踏ませぬぞ、検見軍蔵！　この私が貴様を捕らえ、陛下に反逆した罪を、罰してやる！　そうだ、それこそ私の使命なのだ……」

九鬼軍曹は血圧が上がりすぎたのか、最後はおとなしくなってしまった。六浦上等兵はきっぱりと言った。

「もう少しこの辺りを調べて、反逆者のすみかを叩いてやりましょう」

月明かりに照らされた道を、九鬼軍曹たちは力なく歩いていった。姿が見えなくなったのを確認して、ウンジャは止めていた息を大きく吐き出した。

「はぁ、またドンパチ始まるかと思ってヒヤヒヤしたわ」

ウンジャは平然としているグンゾーを見た。

「あの軍人、明らかにアンタの話、してたわよね」

「昔のことだ」

残された食器洗いを再開しながら、ウンジャは声の調子を落とした。

「この辺りに目をつけられたら、いよいよアタシたちが住む場所もなくなるわ。食事を切り詰めたり、軍人たちと駆け引きをしたり、疲れちゃった」

ウンジャは、食器の水滴を乾いた布で拭いた。

「こんな血なまぐさい世界で、何に希望を持ったらいいのかしら」

グンゾーは何も答えず、ウンジャから受け取った食器をかごに入れた。


それからしばらく、グンゾーはウンジャの前から姿を消した。このご時世、人が連絡もなしにいなくなることなどそう珍しいことでもない。

それにしたって、一言くらい礼でも言ってくれればよかったのに。そんなことを考えていると、眠れない日が続いた。その日の夜も、ウンジャは落ち着かないまま寝返りを繰り返していた。

隣の部屋から音が聞こえてきた。ハルモニや子供たちを起こすわけにはいかない。そっと身体を起こし、震えた手で鋤を握る。

どんな相手でも不意打ちには弱い。胸に手を当て、ふうと息を吐き、気合いを入れた。勢いよく扉を開け、鋤を振りかぶった。目を閉じて、盗人目がけて一撃をお見舞いした。

「何をやっている」

ウンジャの鋤は、ぴたっと動きを止められた。恐る恐るウンジャが目を開けると、グンゾーが立っていた。

ろうそくの炎で照らされた厨房には、食材が並んでいる。大きな白菜、ニラ、小麦粉の入った袋、塩の壺。目を引いたのは、新鮮な豚肉だった。赤身が艶を放っていて、弾力がある。

机の上にグンゾーの手帳が開かれていて、べちゃべちゃになった小麦粉や、粗く切られた野菜が無造作に置かれている。

「アンタ、ここを離れたんじゃ」

ウンジャから鋤を受け取って、グンゾーは入り口の脇に置いた。

「お前も食いしん坊だな。できてから起こしてやろうと思ったのに」

そう言ってグンゾーは、包丁で野菜を細かく刻んでいく。

「もしかして、食糧を探しに行っていたの？」

調理に集中しているグンゾーに、返事をする余裕はなかった。

「こんな新鮮な肉、いったいどこから」

一朝一夕でグンゾーの調理技術が上がることはない。包丁で指を切っていて、小麦粉に水や塩を入れすぎるし、力を入れすぎて具が何度も器から逃げ出していく。

「希望なら、ある」

餃子のタネを作りながら、グンゾーは言った。

「究極の餃子を食えば、いつだって夢を見ることができる。お前が自分で希望を持てないのなら、俺が食わせてやる」

グンゾーは具を包もうとして皮を破き、閉じるのが乱暴でいびつな形になっている。

「アンタ、そんな下手くそなのに、よく自信満々に言えるわね」

ウンジャも、餃子の皮に手を伸ばした。厚みにばらつきがあって、水分が多い。ダメな点を挙げればきりがないが、ウンジャは手伝うことにした。

二人は真夜中に餃子を包み続けた。

「では、焼くぞ」

珍しくグンゾーは緊張していた。鍋に油をひき、温まるのを待つ。ウンジャがやっていたように餃子を並べ、お湯を加えて蓋をする。湯気が舞い、ウンジャは額の汗を拭った。

「少し暑いわね」

家の中が熱気で包まれており、空気を逃がすためウンジャは入り口の戸を軽く開けた。

彼女の目に、遠くで燃える炎が映し出された。

「火？」

集落を包んでいた森に、激しい炎が飛び移ろうとしていた。遠くからは、銃声と怒声、爆発する音も聞こえてくる。燃える平原から一人の男が走ってきた。銃を持っているが、軍服は着ていない。朝鮮語を話す男は、ウンジャにここを離れろとだけ伝え、戦場へ戻っていった。

「いけない！」

急いで家に戻ったウンジャは、ハルモニと子供たちを起こし、事情を伝える。ハルモニと子供たちは、ムニャムニャと目をこすっていた。裏手の切り通しから、砂浜へ抜けることができる。

避難誘導するウンジャに、グンゾーはまるで気付いていなかった。鍋から目を離さず、嗅覚と聴覚を研ぎ澄ませている。家には、火事の煙が入り込んでいた。

「戦闘が始まったわ！　早く逃げるのよ！」

ウンジャはグンゾーの腕を引っ張るが、びくともしない。餃子を焼くことに集中しすぎていて、他のことにはいっさい気が回っていなかった。

「こんなときに、餃子を焼いている場合じゃ……」

何かの音を聞き取ったグンゾーは、突如としてウンジャと子供たちを押し倒した。その直後、ボンという激しい音が鳴り、ウンジャは耳鳴りに襲われる。岩が落っこちてきたと錯覚するような強い揺れだった。覆い被さってきたグンゾーが動かなかったので、ウンジャは慌てて肩を揺すった。

「しっかりしなさいよ！　死んでないわよね？」

膝をついて立ち上がったグンゾーは、床に散らばった餃子たちを見た。夜通し、ウンジャと一緒に作った餃子たちは土にまみれている。グンゾーは、まだ熱の残る鉄鍋を握りしめ、声を上げた。

「許さん！」

九鬼軍曹も、燃える平原を見て駆けつけていた。

「軍曹殿、様子を見ましょう。いきなり突っ込むのは危険です！」

六浦上等兵の至極まっとうな意見に、耳を貸す九鬼軍曹ではなかった。

「同胞が戦っているというのに、見過ごせるものか！」

「ここが僕の死に場所になるんですね。もう空腹を我慢せずに済むんだ……」

一番後ろを走っていた三条上等兵は、息を切らしながらつぶやいた。

「どうもこの人についていると、そう簡単には死ねそうにないぞ」

六浦上等兵が三条上等兵に小さく声をかけていると、九鬼軍曹は銃撃戦を行う憲兵たちに近づいていった。突然現れた軍曹に驚いた憲兵たちは、一斉に銃口を向ける。歴戦の九鬼軍曹は、その程度で怖じ気づくタマではなかった。

「私は歩兵第七九一連隊所属、九鬼宗興《むねおき》軍曹である！　憲兵隊諸君、何があったのか報告せよ！」

指示をしていた憲兵が敬礼をして報告を始める。

「昨夜の夕飯時、我々の食糧庫に何者かが侵入した形跡がありました。犯人を追って周囲を警戒していたところ、朝鮮人が我らに言いがかりをつけてきたのです」

「言いがかり?」

「自分たちの集落から勝手に肉を持ち出したのはお前たちか、と難癖をつけてきて、調査したところヤツらが反乱分子の一味であると判明し、検挙しようとしたところ抵抗をしてきたのであります」

ふむ、と考える九鬼軍曹を見て、六浦上等兵はまたしても三条上等兵に耳打ちをした。

「どこへ行っても惨めな原因で戦ってやがるな」

「早くとどめを刺してくれえ」

弱音を吐き続ける三条上等兵を無視して、六浦上等兵は憲兵たちを見た。みな、手に持った銃剣を下げていなかった。

「本当にお前たちの誰かが盗んだのではあるまいな?」

「心外であります!」

空腹でいらついているのは、憲兵たちも同じであった。偉そうな態度を取る九鬼軍曹に向ける憲兵たちの視線が厳しくなる。

「九鬼軍曹殿、恐れ入りますがもう一度所属をお聞かせ願えるでしょうか!」

「何度も言わせるな! 私は歩兵第七九一連隊所属……」

そこまで聞いて、憲兵は敬礼をやめた。

「九鬼軍曹殿、現在釜山周辺に駐屯している歩兵連隊の所属とは異なります」

「私たちは任務の途中に部隊を離れ、今帰還している最中なのだ。早く私たちの無事を伝えたいところだが、今はお前たちに手を貸してやろう」

「いいえ、その必要はありません」

気が付けば、九鬼軍曹たちは憲兵たちに囲まれていた。手には銃剣や手錠が見える。

「何のつもりだ！」

「反乱分子のやり方はとても巧妙なのです。軍服を盗み出して、軍人のふりをするなど造作もないこと」

指示を受けた憲兵たちが、六浦上等兵と三条上等兵に飛びかかっていった。九鬼軍曹の手にも手錠がかけられた。

「身内で争っている場合か！」

「お話はあとでたっぷりと聞きます。今はおとなしくしていただきましょう」

敵側から悲鳴が聞こえてきた。九鬼軍曹を捕縛しようとする手を止めて、憲兵隊長は反乱分子の群れを見る。朝鮮人たちは何やら悲鳴を上げ、四方に散らばっている。よく見れば、日本の軍服を着た男が、単身で逆賊をぶちのめしていた。

「援軍か！」

憲兵たちは色めきたつが、九鬼軍曹はその日本兵がグンゾーであることを見逃してはいなかった。

「いかん！」

九鬼軍曹はもみくちゃにされながら、憲兵たちに指示を出す。

「ヤツを味方だと思うな！　ヤツもろとも敵を掃滅《そうめつ》せよ！」

憲兵隊長は顔をしかめた。

「なにぃ？　援軍を撃ち殺せだと？　おい、お前ら！　こいつらはやはり反乱分子の一味だ！　しっかりとふん縛っておけ！」

「この命知らずどもが！」

憲兵隊長は銃を構えグンゾーの援護に回ろうとした。朝鮮の反乱分子たちは撤退を始め、グンゾーの視線が憲兵たちに移る。憲兵隊長は銃を構えながら、手を上げた。

「援軍、感謝する！　我々は憲兵隊だ！　所属と氏名を……」

最後まで話を聞かず、グンゾーは憲兵たちにも襲いかかっていった。手には、熱々になった鉄鍋が握られている。援軍と聞いて油断をした憲兵たちの頭を殴り、次々となぎ倒していく。

「よせ！　我々は憲兵だ！　敵ではない！」

グンゾーの耳は機能しておらず、餃子を亡き者にされた恨みに支配されている。十人ほどいた憲兵たちは瞬く間に重傷を負い、後退を始めた。

「ええい、黙らせろ！」

憲兵隊長が指令を出した直後、グンゾーは鉄鍋をハエ叩きのように振り回して指揮官を沈黙させてしまった。

あらかたなぎ倒したあたりで、グンゾーは足下を見た。手錠をされた九鬼軍曹が、六浦上等兵と三条上等兵に引っ張られている。

「軍曹殿！　何やっているんですか！　撤退しますよ！」

「検見軍蔵！　貴様ァ、軍だけでなく憲兵隊にまで刃向かうとは、国に楯突くつもりか！」

　このままでは引き下がれないと思った一人の憲兵が、グンゾーの背後から襲いかかろうとした。まるで背中に目が付いているかのごとく、グンゾーはくるりと振り返って、鉄鍋の一撃をお見舞いする。

「お前ら……」

　グンゾーはうつむき気味に、九鬼軍曹を見た。炎を背負っているせいで、鬼そのものだった。その迫力のあまり、三条上等兵は股間が湿り気を帯びてくる。

「森を焼く前に、餃子を焼け！」

　グンゾーの握った鉄鍋は、九鬼軍曹のヘルメットを砕く強烈な一撃を食らわせた。九鬼軍曹は、白目をむいて倒れ込む。

「こいつ、狂ってやがる……！」

　グンゾーと視線を合わさないよう、六浦上等兵は気を失った九鬼軍曹をおぶって後退した。

「おい、三条！　そんなとこにいると食われちまうぞ！」

　六浦上等兵を追うように、三条上等兵は這いつくばっていった。

　火が勢いを失ったのは、朝だった。森の木々は炭に変わり、集落の周辺だけ空が曇っている。焦げ臭いにおいが、潮風と混ざって流れていく。

　集落の人間には死者はおろか、けが人さえ出なかった。家屋への延焼を免れたのは、南風が吹き付けていたおかげだった。

グンゾーが持ち込んだ新鮮な肉に、米。それを見て、もっと早くに気付くべきだった。

ウンジャは、集落の前で地面に伏せたままわめき続けるグンゾーを見て思った。

「アンタ、独立運動の連中と、憲兵たちの両方から食糧を盗み出したでしょ」

そう問いかけるウンジャの様子を、ハルモニと子供たちは黙って見ていた。

「そんなことしたら、どうなるか考えられない？　ここにいるみんな、焼け死んでいたかもしれないのよ」

もっと注意する前に、別の考えが頭をよぎる。

独立運動の連中と、憲兵が争っていれば、集落になど目がいかなくなる。結果として対立を生み出した形になり、その隙にハルモニたちを連れて村を離れることだってできる。

グンゾーは、はたしてそこまで考えていたのか、ウンジャには分からない。地面に伏したグンゾーは、鼻をすすりながら言った。

「……すまない」

ようやくひねり出した言葉は、意外なほど素直なものだった。

「別に、謝ってほしいわけじゃないけど」

ウンジャが面食らう中、グンゾーは肩を揺らして続ける。

「せっかく、あと少しで焼ける頃合いだったのに！　すまない、俺の餃子たちよ！」

グンゾーに向きかけていたウンジャの同情が、すうっと退いていった。

「は？」

「食われないまま散っていった餃子を思うと、心が痛い！」

ウンジャのげんこつが、グンゾーを襲った。

「何をする」

ウンジャはすっかり冷静になった。

「アンタねぇ！　こっちは、焼け死ぬところだったのよ！　だいたい、アンタが食糧なんて盗んでくるから……」

叫ぶウンジャの肩に、そっとハルモニが手を置いた。朝鮮語で二言三言、言葉を告げるとウンジャは振り上げた拳を下ろした。

「そうは言っても」

ハルモニは、うつむき続けるグンゾーの頭に手を置いた。グンゾーの顔は涙と鼻水とすすで、汚れている。

「いい出来だと思ったんだ。おばあさんにも意見を聞きたかった」

申し訳なさそうにするグンゾーを見て、ハルモニは笑みを浮かべた。チマチョゴリの裾に手を突っ込み、ごそごそと動かしている。ハルモニがそっと差しだした手の上には、グンゾーとウンジャの包んだ餃子の姿があった。

「これは！」

その様子を見て、子供たちも近づいてくる。子供たちの手にも、魔の手を逃れた餃子たちがいた。一様に、笑みを浮かべている。

「生きていたのか！」

グンゾーは、とっさにハルモニと子供たちを強く抱きしめた。

「ウンジャ！　もう一度かまどに火をおこしてくれ！」

ぐう、とグンゾーの腹が鳴った。

「餃子を焼くぞ！」

「アンタ、ほんと懲りないわね」

グンゾーとウンジャはすすくさい厨房で、再度鉄鍋を熱し始めた。油をひいた鉄鍋に餃子を並べ、お湯をかけて蓋をする。腹が減っているのはウンジャも同じで、香ばしいにおいで刺激される。子供たちは鍋の周りをうろうろして、その時を待っていた。

「そろそろいいかも」

指示を受け、グンゾーは蓋を開けた。むわっという湯気と共に、完成した焼餃子が姿を現した。すぐに皿に盛り付け、一同の前に並べた。

「さあ、遠慮せず食ってくれ！」

ウンジャが箸を用意する前に、子供たちは手づかみで熱々の餃子を口に放り込んだ。口をわふわふさせ、子供たちは必死に冷まそうとしている。ハルモニも、静かに咀嚼を始めた。ウンジャは箸で一つつまみ、口へ運んでいく。みんながもぐもぐとする様子を、グンゾーは固唾をのんで見守っていた。

ウンジャは笑みを浮かべた。ハルモニや、子供たちも笑っている。

「どうだろうか」

緊張したグンゾーは、息をのんで問いかけた。

「アンタも食べてみなさいよ」

ウンジャに促され、箸を受け取ったグンゾーは、きつね色の焼き目が付いた餃子を口に運んだ。咀嚼を繰り返しても、何の味もしない。思っていた汁気はなく、肉の臭みがきつくて、粉っぽい。すべてグンゾーの思惑とは異なっていた。

「……あんまりおいしくない」

グンゾーの複雑そうな顔を見て、ウンジャは笑いをこらえられなかった。腹を抱えて笑い出すと、子供たちもまねをして大声を上げ始めた。

「当たり前よ！　いきなりおいしく作れるわけないじゃない！」

抑えようにも、笑いが止まらなかった。涙が出てきたが、なんでこんな気持ちになるのか、ウンジャにはわからなかった。

「アンタは、ほんとにバカね！」

究極の餃子を食べたのだから、簡単に再現できるはず。そう思っていたのに、何個食べても、まったく同じ味ではなかった。味は、少しも満足できないが、涙を浮かべて笑いこけるウンジャを見ていると、ため息交じりに言った。

「まるっきり失敗というわけでもないようだ」

朝の鳥の鳴き声もかき消すようなウンジャの声を耳にしながら、グンゾーはこの餃子に何が足りていないのか、真剣な表情で考えていた。

第四章　転向

　グンゾーを乗せた京義《けいぎ》線は、十五分ほど停車して平壌《ピョンヤン》駅を出発し、朝鮮と満州国との国境沿いの駅、新義州《しんぎしゅう》に向けて進んでいた。車内は混んでおり、休暇中の軍人、出張先へ向かうビジネスマン、大きな風呂敷を背負った支那の老人、客層は様々だった。急行列車「ひかり」に乗れば、釜山から満州国の首都である新京《しんきょう》まで乗り換えなしで行くことができたが、戦況の悪化に伴い本数は激減。朝鮮半島を縦断するには時間がかかるようになり、途中駅で軍用列車や貨物列車の通過待ちが頻繁に起きた。

　大混雑のおかげか、車掌が検札にやってこないのは、無賃乗車のグンゾーにとって救いだった。ウンジャは、路線案内で顔を隠している。

「新義州に着いたら、安奉《あんぽう》線に乗り換えて奉天《ほうてん》に行くのね。北京方面に向かうには、奉山線というのに乗ればいいのかしら」

　横に座るグンゾーに、ウンジャは小声で話しかける。

「アンタ、どこへ向かうか決めたの？」

「支那だ。餃子は支那の食いものならば、現地に行くのが正解だ」

「支那って言っても、バカみたいに広いのよ。満州だって元は支那だし、西へ行けば北京や重慶《じゆうけい》、上海《シャンハイ》だってあるわ」

「ふむ」

事情をわかっていないグンゾーに、ウンジャは肩を落とす。

「アンタ、大陸の大きさをいまいち理解できていないみたいね。北と南では気候も全然違うし、食べるものだって異なる。食べている餃子の種類だって、まるっきり違うはず」

路線図に書いてあった奉天をウンジャは指さした。

「ひとまず近場の奉天で降りて、支那にはどんな餃子があるのか聞いて回るのが先決かしら」

グンゾーはウンジャの顔をじっと見た。

「本当によかったのか？」

グンゾーの頭には、村を離れるときの子供たちのさみしそうな顔がよぎっていた。ウンジャは路線図を強く握った。

「アタシに究極の餃子を食わせてやるって言ったのは嘘だったわけ？」

「嘘なものか」

グンゾーの試すような表情に、ウンジャは根負けした。

「アタシだって、何度も残るって言ったけど、ハルモニは、アンタと行きなさいと言ってくれた」

集落の海岸で、ハルモニと子どもたちが歩く光景が蘇る。

「アンタが言う究極の餃子っていうのが、どういうものなのか、気になったのもほんと。アタシはまだハルモニに恩返しできていなかったから、それを悟られないようにしていたつもりなんだけど。ダメね、見透かされちゃった」

「お前は食い意地が張っているからな」

ウンジャはグンゾーの太ももをつねった。

「いてっ」

「アタシの実家は、ソウルで屋台をやっていたの。死んだ夫と出会ったのも、アタシの店。親は厳しかったけれど、お客さんに料理を食べてもらうのはとてもうれしかった」

車窓から見える景色には、畑が広がっていた。汽車が汽笛を鳴らして進んでいく。

「どれだけ支那が憎い日本人だって、支那のごちそうを出されたら我慢なんてできないはず。アンタが言う究極の餃子っていうのは、そういうことでしょ?」

「その通りだ」

「アタシは、自分が生きている時代を呪いたくない。今できることをやるつもりよ。そんなおいしいもの、アンタしか食べたことがないなんてずるいしね」

ウンジャは、グンゾーに挑みかかるように歯を見せて笑った。

「それに、アンタを一人で旅させるなんて危険だわ。アンタが崖から落っこちないように、アタシがアンタの手綱を握っておいてあげるから、究極の餃子のにおいをきちんと嗅ぎ分けなさい。いい?」

「いいだろう」

ウンジャはグンゾーの肩を、拳でぽんと叩いた。

二人の正面に座った背広姿の男性は、ずっと新聞を読んでいた。あらかた読み終えたのか、新聞を折りたたんで、口ひげに手を当てて車窓を眺める。落ち着かない様子で、窓の外に新しい発見がないものかと首を動かすが、農村の風景は男性に何の興味も生まなかったようだ。椅子に座り直して、腕を組むがまだそわそわとしている。新聞を見た感想を口に出してしまいたいようで、男性はウンジャに話しかけてきた。

「どちらまでですかな」

声をかけられないように、路線図で顔を隠していたのだが、さすがに効果を失っていた。無視するわけにもいかないので、ウンジャはできる限り愛想よくしようと、顔を引きつらせながら笑顔を見せた。

「奉天までです。兄の商売を手伝うことになりまして」

でまかせを言ったが、背広の男性は真偽など気にしていなかった。言いたいことがたまっているらしく、口に手を当ててひそひそとウンジャに言う。

「この戦争もそう長くない気がしますよ。見てください、これ」

閉じた新聞を再び広げ、背広の男性は見出しを指さす。

『比島にて海軍、米帝空母撃沈す』

記事には、フィリピンにおける連合軍との戦闘について書かれていたが、背広の男性は眉間にしわを寄せていた。

「新聞は景気のいいことを書いていますがね、内地の食糧事情はめちゃくちゃですよ。善戦が続くのなら、どうして配給が減り続けているんだって話ですわ。こんな当たり前の疑問を口にしただけで、内地では売国奴扱い。私は九州から来たんですがね、半島が思いのほかのんびりしていて驚きましたよ。そうだ、物騒な噂も耳にしたんです」

心の内に潜めていた秘密を解放する快楽にとりつかれた背広の男性は、次々とまくしたてていく。

「満州から、南方に向けてかなりの兵が引き抜かれたせいで、これではソビエトに襲ってくださいと言っているようなもの。民間から兵力増員するという話もあるみたいですが、腹を空かせた素人の民間人が、兵力のあるソビエトや数で有利な支那人とどうやって戦えって言うんですかね？」

少し話しすぎたことに気付いた背広の男性は、車内をうかがう。誰も男性の話に聞き耳を立てている様子はなかったが、背広の男性は警戒心を解かなかった。

「満州の役人たちが、財産の整理を始めたという噂も聞いたことがあります。どうも、権力者ほど、この国を悲観しているようですが、私ら庶民には楽観視をしろと言ってくるのですから、世の中は狂っていますよ」

さらに話をしようとしたとき、前方の車両がざわついた。怒号が聞こえてくる中、扉を開けて大きな声が響いてきた。

「今からこの車両で検査を行う！」

声の主は、九鬼軍曹だった。後ろで、覇気のない三条上等兵と、人混みに疲弊した六浦上等兵が立っている。

「この汽車には、軍と憲兵に楯突いた大罪人が隠れている！」

長旅の疲れに加えて、声のでかい軍人が現れてため息と愚痴が聞こえてくる。三条上等兵も疑わしい声で尋ねた。

「軍曹殿、ほんとにいるんですか？」

「文句を言わずにとっとと奥を見てこい！」

九鬼軍曹はそう指示したが、人混みをかき分けて車掌が近づいてきた。

「勝手にやられては困ります！　検査を行うなんて話は聞いていません！」

「この傷を見ろ！　平気で元上官にかみつくような野蛮人が紛れ込んでいるのだぞ！　いつ貴様らが襲われるかもわからん！」

軍人の横柄な態度には慣れていたが、乗客の命を預かっている以上、誰であろうと車内で勝手なまねをされるのは、車掌の信条に反する。

「その前に所属と、乗車券を拝見させていただいてもよろしいでしょうか」

そのとき、三条上等兵と六浦上等兵は肩をぴくっと揺らした。六浦上等兵が九鬼軍曹に耳打ちをしようとしたが、もう遅かった。

「そんなものがあるか！　ヤツを放っておいては危険なのだ！　細かいことを言っている場合ではない！」

「お持ちでないのであれば、すぐに下車していただきます」

「こんのぉ、融通のきかん役人め！」

車両の連結部分で言い合いをする九鬼軍曹たちから、背広の男性は新聞に視線を戻した。

「先日、釜山の近くで朝鮮の抗日派と憲兵がやりあったみたいですね。半島に長居もしていられないかもしれませんな。あなたもどこかへ避難する準備をしておいてもいいかも……」

親切心で背広の男性は忠告し、視線を上げたが、前の席には着物を着た恰幅のいい女性がいびきをかいて眠っていた。

「あれ？」

ウンジャとグンゾーは、線路脇の土手に向かって汽車から飛び降りていた。長い草が生えた坂を、ごろごろと転がっていく。汽車は煙を上げて、離れていった。

ウンジャが身体を上げると、近くでグンゾーが袖に付いた泥を払っている姿が見えた。

「飛ぶときは声かけなさいよ！」

顔を真っ赤にして、ウンジャはグンゾーに詰め寄っていく。

「もたもたしていたら捕まっていたぞ」

「突き落とすことはないでしょ！」

ウンジャは、周囲の畑を見回す。遮《さえぎ》るものが何もない平原が広がっている。

「向こうに森があるからそこを抜けましょう」

森は肌寒く、鳥の鳴き声が聞こえてくる。畑はあるのに、民家も人の気配もまるで感じられなかった。気が付けばウンジャは、グンゾーの手を引っ張って歩いていた。

ウンジャはごくりと飲み込んだ。弱音なんて、死んだ後に吐けばいい。生きているうちは、嘘でもいいから前を向くんだ。自分にそう言い聞かせたとき、パンという破裂音がウンジャとグンゾーの足を止めた。

「止まれ」

低く、よく響く声だった。銃声より、その鋭い声にウンジャは驚き、身動きがとれなくなる。木の陰から、人民服を着た男が現れた。髪は短く、身体つきは華奢だったが、背が高く、薄ら笑いを浮かべている。

「両手を挙げろ。顔を見せるんだ」

よどみのない日本語だった。銃を向けながら、人民服の男はウンジャとグンゾーを検分する。

「名前は？」

「ウンジャ」

「検見軍蔵だ」

人民服の男は銃口をグンゾーに向けた。

「日本人と、朝鮮人の女がなぜ、朝鮮の抗日派と憲兵を壊滅させた」

「どうしてそれを……」

今度はウンジャに銃口が向けられた。

「同志は、世界のあちこちに潜んでいる」

両手をまっすぐ挙げながら、グンゾーは返事をした。

「ヤツらは餃子を台無しにした」

人民服の男は、グンゾーに一歩近づいた。

「ふざけるなよ」

「嘘は言っていない」

口元こそ口角が上がっていたものの、人民服の男の目は笑っていない。

「冗談を言っていいとも言っていない。日本人と朝鮮人に敵対して、お前は何を企んでいる」

「俺は、究極の餃子を探している」

銃声が響き渡った。グンゾーの頬を、弾丸がかすめていく。

「自分の置かれている状況がわかっていないようだな」

森の奥から、ざわめきが聞こえてくる。人民服を着た男たちが、木の陰からグンゾーとウンジャを見ていた。いつの間にか包囲されており、隙はどこにも見当たらない。

「グンゾーの言っていることはほんとよ」

ウンジャは自分の唇が震えているのを感じた。

「どこかで餃子を食べて以来、餃子にとりつかれているの」

人民服の男は、グンゾーの眉間に銃口を押し当てる。

「一人で反徒と憲兵を叩くことなど、並みの兵士ができることではない。なぜこの大陸にやってきた」

グンゾーは、頭突きをするように銃口を押し返して言った。

「俺は、とある人物の暗殺計画を任されていた。作戦は失敗に終わり、朝鮮に流された」

銃を握る人民服の男の手の力が、強まった。

「誰が標的だ？」

「東條《とうじょう》首相だ」

人民服の男は、銃を放しそうになる。

「何だと？」

「もし、この戦争で敗北を迎えたら、連合国は陛下に責任を取らせるかもしれない。連合国に攻め込まれる前に、こちら側から降伏をすれば、陛下の身だけは助かるかもしれない」

「東篠の首を、交渉の材料にするつもりだと？」

グンゾーはうなずいた。

「陸軍には、様々な派閥がある。東篠首相を暗殺しようとする者もいれば、その逆も存在する。藻多大佐の計画が瓦解した時点で、俺の役目は終わった」

人民服の男は、数回瞬きをした。話を信じ込みそうになる自分に、注意を促すような目の動きだった。

「日本人の忠誠心は、時に狂気を感じるほどだ。日本人が、そんな密命を軽々しく口にするなど考えられない。墓場まで持っていくような話だ」

グンゾーが愁《うれ》いを帯びた表情をしたのを、ウンジャは見逃さなかった。

「忠誠心とはなんだ？ 国を愛する、陛下に命を捧げる、そういったことを、何度となく口にし、褒められもしたが、心が震えたことなど一度もない。周りが熱狂する中、自分だけのめり込めないのは、孤独だ」

そこでグンゾーは人民服の男の目を、じっと見た。男は後ずさりをする。

「餃子は、自由だ。人の数だけ、正解がある。中にどんな食材を入れてもいいし、焼いても茹でてもいい。餃子の探究に比べれば、国同士の争いなど馬鹿げている。縄張り争いをやりたければ、飽きるまでやっていればいい」

実弾の入った銃を額に押しつけられているのに、グンゾーは臆することなく人民服の男に迫った。

「究極の餃子への道を阻む者は、誰であろうとブチのめす」

人民服の男が引き金を引いてしまえば、餃子にとりつかれた男は、二度と餃子が食えなくなる。人民服の男は、銃を撃つことができなかった。

「餃子が、大陸の食べものだということは、知っているのか？」

「ああ。実際に支那の餃子を食ったことはない。朝鮮で、マンドゥという餃子に似たものは食わせてもらったが、どう違うのか、俺は知りたくてたまらない」

人民服の男は、銃を下ろした。

「私たちの餃子を食わずして究極の餃子を求めようなど、海を知らずに魚を語るようなもの。大陸の餃子を避けて通ることはできないだろう」

グンゾーは唇を強くかんだ。人民服の男は、改めて笑みを浮かべた。

「お前に、大陸の餃子を食わせてやってもいい」

「本当か？」

接近するグンゾーを、人民服の男は手を上げて制止した。

「条件がある。私たちに協力しろ。お前の、向こう見ずな姿勢は捨て置くには惜しい」

黙って話を聞いていたウンジャが口を挟んだ。

「罠よ。危険だわ」

ウンジャの言葉にかぶせるように、人民服の男は話を続ける。

「これから大陸は寒くなってくるが、ショウガをたっぷりと入れた餃子を茹でて、ニンニクや刻んだニラを入れたタレをつけて食べると、身体の奥から温まってくる。鶏ガラでだしを取った汁で煮る餃子もうまい。塩味のだしをたっぷりと吸った柔らかい皮を食べれば、疲れが吹き飛んでいく」

釜山を離れてから、グンゾーとウンジャはろくなものを食べていなかった。追っ手から逃げる緊張感で忘れていたが、グンゾーは死ぬほど腹が減っていた。けんかを売られるよりも強烈な胃への挑発に、グンゾーは地面に膝をつく。

「もう何も言うな！」

人民服の男は得意げに続ける。

「豚肉の代わりに羊の肉を使った餃子も、私は好物だ。羊の肉は独特のにおいがするから、普段より味付けが濃くなる。それもまた、うまい。豆板醤《トウバンジャン》やニンニクを入れて、汁が少し赤く染まるくらいになるのがなんとも色っぽい。すりつぶしたエビを入れた水餃子も絶品だな」

人民服の男は、まるで目の前に料理が並んでいるかのように続けた。グンゾーは立ち上がり、人民服の男の肩に、両手を置いた。

「わかった！ 共産主義者でも何にでもなってやろう！ ただし、支那の餃子を食わせろ！ 協力するのはそれからだ！」

「交渉成立だ」

人民服の男は銃をしまい、グンゾーと握手をした。

「私はチョンホイ。これまでの非礼を詫びよう」

ウンジャには今の方が、チョンホイの笑みが不気味に映った。

「私たちの拠点へ案内しよう」

森の奥で、幌の張られた軍用車が止まっていた。日本軍から鹵獲《ろかく》したもののようだったが、運転席にいたのはチョンホイと同じ人民服を着た男だった。グンゾーとウンジャを荷台に乗せ、チョンホイもその後に続く。荷台には木箱が無数に積まれており、車が揺れるとがしゃんという金属音が鳴った。

チョンホイは木箱にもたれながら、向かいに座るグンゾーとウンジャから目を離さなかった。

「俺は寝る」

そう言い残し、グンゾーは眠りこけてしまった。ウンジャも眠ってしまいたかったが、グンゾーほど厚かましくはないのでうまくいかない。仕方なく、膝を抱えて到着まで待つよりほかなかった。

幌の隙間から差し込む光が、赤に変わっていく。日が沈み、荷台の中は真っ暗になる。

「君は、日本語が上手だな」

暗闇から、突然声がした。チョンホイに話をするつもりなどないと思っていたので、ウンジャは虚を衝かれた。

「アンタほどじゃないわ。森で銃を突きつけられたとき、追ってきた日本兵だと思ったくらいよ」

「敵国の言語を学ぶのは、戦争の基本だと伯父から教わった。伯父は、日本へ留学していたこともあるんだ」

目を閉じているのと変わらないくらい、視界が暗かった。

「君は、グンゾーの情婦なのか？」

「そう見える？」

ウンジャは笑って見せたが、チョンホイに見えているかはわからない。

「もし、この男に暴力を振るわれたら私に言え。私たちは弱者の味方だ」

車が揺れ、木箱の中でまた金属音が鳴った。

「私が日本軍の肩を持つのも変な話だが、兵士たちは命を賭して戦っている。この男は、首相の暗殺を命じられるのだから、相応の立場にいただろうに、たかが食いもののために職務を放棄するなど、軍人の風上に置けないことだ」

「そうかもね」

ウンジャは眠るグンゾーを見た。

「この男の持つ無鉄砲さは魅力だ。今は一人でも、力のある人間がほしい」

「抗日運動でもするつもりなの？」

荷台が明るくなった。チョンホイはマッチでたばこに火をつけ、煙が舞い上がる。マッチが消え、線香花火のようなたばこの火だけが暗闇にともっている。

「近いうちに、日本兵たちは大陸から撤退していく。彼らが撤退したからといって、何もかもが解決するわけじゃない。次は、大陸の覇権争いが始まる。国民党とは一時的に休戦をしていただけで、共通の敵がいなくなったら、再び我ら八路軍《はちろぐん》との戦いになるだろう」

チョンホイは煙を吐き出した。煙は見えなかったが、金属が焦げたようなにおいがする。

「私たちは大陸を統一できないまま、列強につけ入る隙を与えた。次に、雌雄を決するときは、他国に干渉される前に決着をつける必要がある。日本が撤退してから戦いの準備をしているようでは、手遅れだ。今は、どんな人間であろうと飲み込んでしまう、新しく、巨大な組織が必要なんだ」

チョンホイは、たばこを幌の隙間から捨てた。また荷台が暗闇に包まれる。

「戦争は悲惨だ。私に日本語を教えてくれた伯父は殺され、私の仲間の多くも土地を奪われ、家族を失った。私だって、できることなら戦いたくはないが、戦わなければ、この膨れ上がった対立を収束することはできない」

車は激しく揺れていたが、グンゾーは大きないびきをかいて眠り続けていた。

「力のある人間は、それを正しく行使する責任がある。この男が暗殺に失敗したのは、力の使い方が誤っていたからだ。日本軍が使いあぐねた暴れ馬、私が乗りこなして見せよう」

戦いという言葉の前では、どんなことも小さく見えるかもしれない。たとえくだらなく、愚かに見えたとしても、ウンジャは餃子を求めていくことこそが、グンゾーの持つ力の正しい使い方のような気がした。

ウンジャは、笑いが漏れてしまった。それを耳にしたチョンホイが、物音を立てた。

「アタシには、力がどうとか、難しいことはわからない」

ウンジャは横になった。

「グンゾーを利用しようとするのは、嵐を捕まえようとするくらい、大変かもよ」

そう言ってからは、不思議と眠気がやってきた。


「いつまで寝ているつもりだ」

身体を起こすと、グンゾーがウンジャの肩を揺すっていた。幌が開かれ、日光が差し込んでくる。かなり深く眠っていたのか、なかなか目が開けられない。

車は、集落の脇に停められていた。家屋が数軒並ぶ小さな集落で、街と呼べるほどの規模ではない。近くに小麦畑が見えた。家屋は日差しを浴び続けたせいか、壁が激しく日焼けをしている。

「ここは？」

ウンジャが問いかけると、荷台から木箱を運び出していたチョンホイが答えた。

「私たちの拠点だ。南に行けば奉天の街がある。私たちは瀋陽《しんよう》と呼んでいるがな」

チョンホイに促され、グンゾーは重い木箱を集落に運んでいった。拠点と言われても、ただのちっぽけな集落にしか見えなかった。痩せた犬と子供が遊んでいて、農民が畑から野菜を運んでいる。家屋からは炊事の煙が上がり、懐かしささえ覚えるくらいだった。

「おい、いつになったら餃子が食える。もし約束が嘘だったら……」

木箱を倉へ運び、グンゾーは肩で息をしていた。空腹でも力仕事ができるグンゾーも、限界を迎えているようだった。チョンホイを見る目が据わっている。

「アンフェン！」

家屋に入り、チョンホイは誰かを呼んだ。香辛料のにおいが漂っていて、グンゾーの腹が大きく鳴った。厨房から、女性が姿を現した。背が高く、すらりとした身体つきだったが、チョンホイと同じく笑いっぱなしの表情が特徴だった。女のウンジャにも色っぽいと思わせるしなやかさがある。チョンホイと支那の言葉で会話をした後、女性はウンジャとグンゾーを見てにこりと微笑んだ。

「日本人と朝鮮人のお客さんなんて珍しいな。あたしはアンフェン。よろしくね」

聞き取りやすい日本語だった。

「どうも」

ウンジャは少し愛想なく返事をする。アンフェンは拍子抜けするほど親しみがあった。グンゾーは空腹で動けなくなっており、挨拶すらままならない。それを見たアンフェンはグンゾーに歩み寄る。

「具合が悪いの？」

「腹が減って、死にそうだ」

「それはいけない」

アンフェンは厨房へ戻っていった。ウンジャもその後を追う。

「アタシも手伝うわ」

アンフェンの厨房は、様々な香辛料のにおいがした。ウンジャは唐辛子やニンニク、ショウガなどいろいろな調味料を用いたが、アンフェンの厨房からは山椒やこしょう、八角のにおいがした。それ以外にも、見たことのない色の調味液や、ツンとするにおいの粉など、棚には手作りの調味料が並んでいる。

大きな鍋で、お湯が煮立っていた。その横で並んでいる白い食べものに、ウンジャは見覚えがあった。

「餃子！」

素っ頓狂な声を上げたウンジャに、アンフェンは感心した。

「あら、餃子食べたことあるの？」

アンフェンは鍋に餃子を入れていく。

「朝鮮ではマンドゥっていうの。よく作っていたわ。餃子を食べるのははじめて」

アンフェンの餃子を一つ手に取り、子細に検分する。マンドゥよりもどっしりしていて、皮が厚かった。中に何が入っているのだろうと、包みを剝がそうとしたが、その前にウンジャも腹がぐうと鳴った。アンフェンは大笑いした。

「アハハ！　すぐに茹であがるからあっちで待っていなよ」

アンフェンは茹であがった餃子を皿に盛り、腹を空かせた一同の待つ机に運んできた。

水餃子はぷっくりと膨れ上がっており、野菜と香辛料のにおいが食欲をそそる。むくっと身体を起こしたグンゾーは、熱々の水餃子を素手でつかもうとするが、アンフェンが制止した。

「これ、つけて食べるとおいしいよ」

アンフェンはグンゾーに箸と、赤い液体が入った小皿を渡した。

「これは？」

おあずけをくらったグンゾーは、アンフェンに問いかける。

「タレさ。餃子には簡単に味付けしているだけだから、つけるともっとおいしくなる」

グンゾーの箸を持つ手が震えていた。いよいよ餃子と名の付くものを口にするとなって、嫌でも緊張が増していく。

マンドゥに比べてもっちりとした水餃子は、箸で持つと重みがある。もくもくと湯気を上げていて、ごまやネギ、油の浮いた赤いタレにつけると、白い皮が朱色に染まっていく。ごくりとつばを飲み、グンゾーは勢いよくかぶりついた。

「一気に食べたら熱いわよ！」

きちんと息を吹きかけて冷ましていたウンジャが注意をしたが、手遅れだった。グンゾーの口の中には、猛烈な熱さが襲いかかってくる。

「むごっ！」

口を押さえてじたばたするグンゾーの様子を、チョンホイもアンフェンも笑って見ていた。熱の第一波が去り、次にグンゾーの感覚を刺激したのは、ごまと豆のような甘い香りだった。見た目が淡泊な水餃子からは想像もできない風味だった。最後に押し寄せてきたのは、具のねっとりとした味わい。独特の酸味があったが、何に由来するものなのか、まるで見当がつかない。

グンゾーが黙り込んでしまったので、ウンジャが先に感想を口にした。

「おいしい！　これは、辛み油とでもいうのかしら。いろんな味がする」

「それはラー油に砂糖、ごま油や刻んだ落花生《らっかせい》や八角を混ぜて作ったの。家によって全然違うのよ」

マンドゥと餃子ではこうも味わいが変わることが驚きだった。小麦粉で作った皮で、肉や野菜を混ぜた具を包む食べものに、大きな違いなど生まれないと思っていたが、風味も食感もまるで異なり、餃子という食べものの幅広さがウンジャに伝わってくる。

朝鮮と支那は陸続きであるものの、使う言語も、着る服も、考え方も全く異なる。人間でさえ細かな違いがあるのだから、食べものにも違いが出てくるのは当然だった。

ウンジャが感心する中、グンゾーは咀嚼を続けていた。アンフェンは少し心配そうに問いかける。

「おいしくなかった？」

餃子を飲み込み、グンゾーは獲物を見つけた獣のように、アンフェンを見た。その視線の鋭さに、アンフェンは箸の動きが止まる。

「これは、俺が食べた究極の餃子とは、まるで異なるが」

箸を机に置き、グンゾーは拳に力を入れた。

「なんて複雑で、奥深い味なんだ。口の中の景色が、どんどん変わっていく。春かと思ったら夏になり、気が付けば雪が降っている。めまぐるしく味わいが変化して、どうやったらこんな味になるのか、その手がかりさえ気付かせてくれない。散々こちらを挑発しておいて、指一本触れさせない魔性の女のようだ」

グンゾーはアンフェンに近づき、深々と頭を下げた。

「俺は、究極の餃子を求めて旅をしている。どうか、俺にこの餃子の極意を教えてくれ！　この餃子には、究極の餃子へ続く何かが隠されている気がするんだ」

いきなりそう言われても、アンフェンは面食らうだけだった。助けを求めるように、ウンジャへ視線を移す。

「グンゾーは、半島に流れ着くときに、とんでもなくおいしい餃子を食べたらしいの。それ以来餃子にとりつかれていて、それを再現しようとしている。いろんな餃子を食べて、少しでもそれに近づくために、こんな危なっかしいところを旅しているってわけ」

「あなたもそうなの？」

ウンジャは二つ目の水餃子を口にした。

「アタシは、グンゾーの監視。究極の餃子がどんなものなのか、食べてみたいとは思っているけどね。それに、アンタの水餃子の作り方にも、興味があるわ」

アンフェンはしばらく表情を変えずに二人を見ていたが、にこっと笑みを浮かべた。

「あなたたちは特別変わっているわね。別にかまわないわよ。おいしいものは、みんなで食べた方がいいものね」

場が和んできたのを見て、チョンホイは釘を刺した。

「きちんと私たちの活動を手伝ってもらうからな」

アンフェンは、たがが外れたように水餃子をむさぼり食うグンゾーを見た。

「あなた、おいしそうに食べるわね」

「これならいつまでも食っていられる」

グンゾーは額に汗を浮かべて、黙々と食べていた。それを見たアンフェンは、そっと手ぬぐいをグンゾーの額に当てた。

「いいわ、たっぷり教えてあげる」

グンゾーがはじめに任された仕事は、大きな壺を洗うことだった。近くの川に壺を運んで中を丁寧に洗い、倉へ持って帰る。すぐには用いず、天日にさらして奥に残った水気をしっかりと飛ばす。

次に、グンゾーは荷車を引いて畑へ向かい、大きな白菜を収穫していった。赤ん坊くらいの大きさがある白菜を、水で洗って土や汚れを落とす。水を切った白菜を、網の敷かれた板の上に並べていき、天日で干していく。

「三日くらいこのままね」

「すぐ調理しないのか？」

グンゾーは白菜を並べながら、アンフェンに問いかけた。

「白菜の中にある余分な水分を飛ばした方が、おいしくなるの。水が入ったお椀より、空っぽのお椀の方が、たくさん水を入れられるでしょう？　野菜のうまみを入れられる空間を、広げるための手間ね」

「腐らないのか？」

「風通しをよくしておけば大丈夫。太陽にさらした方が格段においしくなるのよね」

乾燥させた白菜を、グンゾーが洗った壺の中にそのまま入れていく。かなりの塩を振り、その上にまた白菜を重ねて、壺を白菜で満たしていく。壺からあふれるくらい白菜を入れてから、最後に大きな石を置いた。

「石の重みで、白菜が沈んでいくから、これでおしまい」

すでに仕込んである壺を見ると、石がかなり深くまで沈んでおり、灰色の腐ったような水が浮かんでいる。グンゾーだけでなく、ウンジャもぎょっとしていた。

「これ、食べられるの？」

カビの浮かんだ水を柄杓《ひしゃく》ですくって、アンフェンは捨てていく。

「大丈夫。よく漬かっている証拠よ。朝鮮には、真っ赤な白菜の漬物があるって聞いたけど」

ウンジャは半信半疑のようすで壺をのぞいていた。

「キムチは漬けるときに、いろいろなものを入れるけど、これは塩しか入れないのね」

「酸菜《スワンツァイ》は、白菜と塩だけで作るの」

アンフェンは倉の奥に行き、かなり熟した酸菜の壺をのぞいた。

「満州の辺りは東北地方といって、北京や上海に比べるとかなり寒くなるから、よく鍋を食べるの。その時に使うのが、この酸菜」

そう言ってアンフェンは壺から、酸菜の古漬けを取り出し、ちぎってウンジャとグンゾーに渡した。黄色みがあり、古びた酸っぱいにおいがする。腐っているのか、ウンジャとグンゾーはいるのか、判断のつかなかったグンゾーだったが、思い切って口に入れた。

「どう？」

まだ食べられずにいるウンジャが問いかけてくる。グンゾーは眉間にしわを寄せたまま、咀嚼を続けた。

「かなり酸っぱいな。塩気もある。古漬けに似ているな」

「酸菜は、そのまま食べるものじゃないの。冬は野菜がとれないこともあるから、秋に白菜を漬けて酸菜にしてたくさん保存しておくわけ。この間食べた餃子にも、塩気を抜いた酸菜を使っているの」

そう言われ、グンゾーには腑に落ちるものがあった。

「あのとき感じた酸味は、酸菜のものだったんだな。餃子に入れると酸味も塩気も和らぐ代わりに、うまみが増す気がする」

グンゾーの毒味を見てから、ウンジャも酸菜を口にした。

「思ったよりおいしいわね、これ」

強い酸味と塩気ではあったが、独特のうまみがあった。味わいが深く、なぜ塩しか用いていないのにここまで複雑な味になるのか、さっぱりわからなかった。

「そのまま食べると塩味がきついけど、これが溶けた鍋はおいしそうね」

ずらりと並んだ壺を見て、グンゾーは言った。

「こんなに作っていたら、余らせてしまいそうだ」

大きな酒樽が入りそうなほどの倉に、酸菜を漬けた壺がゆうに五十個近く並んでいる。漬けた時期も様々で、かなり時間が経過しているものも見える。

「こんなの、一冬越えたら空っぽになっているわよ」

アンフェンは得意げに笑った。

「漬けるときは壺からはみ出してるけど、漬かってくると白菜は縮むの。鍋に入れるときはかなりの量を使うから、あっという間。それに、いくつか瀋陽の料理屋に卸しているの。わりと評判なのよ」

グンゾーは酸菜のおかわりを要求した。

「究極の餃子を食ったとき、うまさがあふれてくるように感じたんだ。キムチを食ったときも、酸菜を食ったときも、似たようなうまみが広がっていった。餃子を作る上で、野菜はかなり重要な要素なのかもしれない」

グンゾーはひっきりなしに酸菜を食べ続けていたので、あんまり食べると身体に悪いわよ、とウンジャが止めに入る。それを見ていたアンフェンは、悪気なく問いかけた。

「あなたたち、夫婦なの？」

ウンジャはすかさず首を振った。

「違うわ。アタシたちはあくまで究極の餃子を探す仲間なだけ」

「ふぅん、そうなんだ」

そう言うと、アンフェンは酸菜を摘まんでグンゾーに食べさせてあげた。グンゾーは何も言わずに咀嚼を続ける。アンフェンはグンゾーの手を握った。

「なら、ここで私と暮らしましょうよ。日本兵って、みんな型にはめたみたいに退屈な男が多かったけど、あなたは面白いわ。料理をただ食べるだけじゃなくて、おいしさを追求しようとする男なんて、見かけたことないもの。私は、何かに夢中になっている男が好き」

すかさずウンジャが割って入った。

「グンゾーは、究極の餃子を探して旅しているの。こんなところにずっととどまっている暇はないから」

アンフェンは舌を出して笑っていた。

「アンフェン、そろそろグンゾーを貸してくれないか。このままではただ飯を食わせに連れてきただけだ」

餃子づくりが続いたある日、あまりにも家事ばかりやっているグンゾーを見かねたチヨンホイが、苦言を呈することがあったが、アンフェンは即座にくってかかった。

「連れて行ってもかまわないけど、帰ってきて食事ができていなくても文句は言わないことね。あなたたちが食べているもの、全部私が一人で作っていたのよ？ 料理の手伝いができる協力者を探してきてって何度言っても、聞く耳持たなかったじゃない」

「戦いには、腕っ節と度胸のあるやつが必要だ。炊事係は後回しになる」

「あなたたちが毎日生きるためには食事が必要だし、それを作っている人間が必ず存在するということは、よく覚えておいた方がいいわよ」

アンフェンは、戦いについてあまり語ろうとはしなかった。

「本音を言えば危ないことはやめてほしい。戦いしか夢中になるものがないなんて、嫌な時代」

外は冷たい風が吹いていたが、両手で生地を練るグンゾーの額には汗が浮かんでいる。

アンフェンは、その一生懸命さが、チョンホイの熱心さと重なった。

「グンゾーはなぜ、究極の餃子を探しているの？」

台に張り付いた小麦粉を剝ぎ取りながら、グンゾーは答えた。

「究極の餃子を食えば、外にもっと広い世界があると知ることができる。あれを食った以上、俺には広く伝える責任がある」

グンゾーが生地と向き合う姿には、砂場で城を作ろうとする子供の一生懸命さに似たものがあった。

グンゾーの生地をちぎって、アンフェンは一枚の皮を作った。

「餃子がどうしておいしいのかを、ああでもないこうでもない、って話し合いながら研究するのってこんなに面白いものなのね。大陸を旅して、究極の餃子を見つける旅ができたら、どれだけ楽しいんだろう」

アンフェンは手を止めずに皮を作り続けた。

「大陸は今、多くの民族や国が、互いににらみ合って、身動きがとれない」

「アンタだって、一緒に探しに行けるわよ」

なぜ自分が誘いの言葉を投げかけたのか、ウンジャは自分でも不思議だった。

「私はチョンホイを見捨てて、自分だけ好きなことをしたいとは思えない。二人に会えてよかった。これから冒険に向かう二人を見ているだけで、私も旅をしているような気になれるから」

アンフェンは、皮を作り終えて、具にする酸菜を刻み始めた。

「私は、自由になりたいと思う人を、手伝ってあげたい。私が手を貸した自由が、いつか私を自由にしてくれるかもしれないからね」

食事を終えてからは、グンゾーの復習の時間だった。水餃子の皮は、塩を混ぜた小麦粉に、熱湯ではなく水を注いでこねた後、よく寝かせる。生地を棒状に伸ばして、親指大に切った後、へらで丸めていく。アンフェンのへらの持ち方や、手の角度、中と外の厚さの違いに至るまで、グンゾーは緻密に観察していた。刻んだ酸菜とネギを練った具を、隙間がないように包む腕前になるには、一筋縄ではいかない。

グンゾーは絵が上手だった。ウンジャは日本語の読み書きはそこまで得意ではなかったが、グンゾーの手帳を見ていると語学の勉強にもなった。

「つくづく、餃子は奥深い」

眠る前の日課になっている覚え書きを手帳に記しながら、グンゾーはつぶやいた。

「一見単純な食いものに見えるが、焼くときと煮るときで皮の作り方から違うなんて驚きだ。具も多様性があるし、つけダレの幅広さも考えれば可能性は無限大だ」

グンゾーの筆が止まった。

「実を言うと、記憶が薄れてきている。今食べたら、皮がどれほどの厚さで、具に何が入っているかを分析できるかもしれないが、あのときは何もかもが突然だった。口移しだったせいで、元がどうだったのかわからない部分もある」

ウンジャは毛布にくるまってグンゾーを見ていた。

「前進はしていると思うわよ」

拠点はいつも誰かが出入りしていた。今も、隣の家で誰かの話し合う声が聞こえてくる。

「少しずつ知識や経験が増えてきているじゃない」

「その分、以前の記憶を失ってしまっている」

「アンタが究極の餃子を探そうとすることは、間違っていないと思う」

「褒めてくれるのか」

ウンジャは頭から毛布をかぶり直した。

「究極の餃子のために、誰かから知識や技術を教えてもらうことって、誰にでもできることじゃない。国とか人種とか、そういうものを無視できるアタシやアンタにしかできないことだからこそ、簡単にくよくよしちゃだめよ。もっと大変なことが待っているはずなんだから」

グンゾーは布団の上で目をそらすウンジャを見ていた。ウンジャは毛布の中に潜ってしまった。

「それ、書き終わったらとっとと寝なさいよ。アタシ、明るいところだと寝られないんだから」

グンゾーが床につき、眠りに落ちてしばらくして、拠点がざわつき始めた。拠点は予期せぬときに、突然活動を始める。今夜は武装したチョンホイが、二人の眠る小屋に入り込んできた。

「仕事だ」

グンゾーとウンジャは日本兵から鹵獲したであろう三八式歩兵銃を渡されて、車の荷台に押し込まれた。同じように武装した男たちがぎっしりと詰まっていて、大きな木箱も載せられている。車は何の合図もなく、動き出した。

ウンジャはグンゾーにぴたりと寄り添って、何が起きているかの手がかりを探してみるが、何もわからなかった。

「どこへ向かっているのかしら」

車内は寒く、隙間から風が入り込んできた。

グンゾーは、ぽつりと言った。

「究極の餃子が食いたいのなら、俺のそばから離れるな」

夜が明けてもおかしくないくらい長い時間、車は走り続けた。ウンジャは扱い慣れない銃を両手で持ち、黙ってグンゾーの後ろに張り付いていた。

チョンホイが、二人に近づいてきた。

「戦うわけじゃない」

車から降りたところは、原野だった。夜空には無数の星が散っていて、月が見えなくても明るい。チョンホイの声が現実に引き戻していく。

「協力者と取引をするだけだ」

チョンホイと同志たちは車から木箱を降ろしている。何の目印もない場所だった。こんなところで待ち合わせをして、取引相手がやってくるのかウンジャには想像もつかなかったが、しばらくして遠くからエンジンの音が聞こえてきた。同志たちが一斉に銃を構える。

現れた車の運転席から、一人の男が降りてきた。茶色の髪をしていて、鼻が長く、軍服を着ていた。

「ソビエト兵だ」

グンゾーがつぶやくのを、ウンジャは聞き逃さなかった。

ソビエトの車から続々と兵士たちが降りてきて、同じく木箱を運び出している。茶髪のソビエト兵とチョンホイが歩み寄り、握手をすることで少し緊張感が解けた。会話は支那の言葉とロシア語が入り交じり、互いに木箱の中身を確認し合っている。

顔なじみの支那人とソビエト兵はお互いに持ち出したたばこを交換して、煙を吐き出している。空気の澄んだ原野に、質の悪いたばこのにおいが舞っていた。

チョンホイは荷物を確認し、同志たちに車へ運ぶように命じた。グンゾーも手伝うが、木箱からはまた金属の重なり合う音が聞こえてきた。グンゾーにくっついていたウンジャは質問をする。

「これ、何が入っているのかしら」

荷台の上の男に木箱を受け渡してから、グンゾーは返事をした。

「餃子を作るためのものではなさそうだ」

ソビエト兵はチョンホイから受け取った木箱を開け、何やらごそごそしている。程なくして笑い声が聞こえ、煙が上がった。陽気なソビエト兵は、一緒に楽しもうとチョンホイを誘っていたが丁重に断られていた。

取引が成立し、和やかな雰囲気になっている。互いに車を囲むように警備を配置していたものの、どこか浮ついた空気が警備に油断を生んでいた。

「早く戻りたいわね」

グンゾーの服を引っ張りながら、ウンジャは言った。ウンジャは、グンゾーがいつになく真剣な目をしていることを見逃さなかった。この取引現場で、常に警戒心を持ち続けていたのはグンゾーだった。

グンゾーはウンジャの手を握った。いつも唐突にグンゾーは動くので、ウンジャは声を出せなかった。ウンジャの手を取ったまま、乗ってきた車にゆっくりと近づき、背中を車体にくっつけた。

「いいか。俺がいいと言うまで、動くなよ」

「何言ってるのよ？　アンタがそう言うときは大抵ろくなことが……」

抵抗するウンジャを、グンゾーは強引に車の下に押し込んだ。付近で爆発が起こったのは、それから十秒も経たないときだった。

完全に浮かれていたチョンホイの同志とソビエト兵たちは、慌てて銃を手にする。こちら側からだと敵がどこにいるのかわからなかったが、向こうは完全にこちらの動きを把握していた。銃声と共に、共産党の同志やソビエト兵が次々と倒れていく。

木箱に隠れながら状況を確認していると、グンゾーの元にチョンホイが駆け寄ってきた。

「グンゾー！　手を貸してくれ！」

銃を構えながら、グンゾーは近づいてきたチョンホイに言った。

「ソビエトの連中が裏切ったのか？」

チョンホイは二発ほど銃を暗闇に撃った。

「いや、違う！　きっと満州国に寝返った軍閥どもだ！　やつらは、私たちとソビエトが手を組むのを阻もうと目を光らせている。何度も取引場所を変更したはずなのに、クソッ！」

チョンホイはロシア語で取引相手に何かを叫んだ。状況を確認するための会話のようだったが、暗闇の中、四方から銃弾が飛んでくることで統率は取れていなかった。

堪えきれず飛び出したソビエト兵が、原野に倒れていく。チョンホイの同志も物陰を探そうと走り回っているが、原野に身を隠せる場所などない。木箱の陰から戦況をうかがっていても、戦力が減るだけであった。

「向こうの車にガソリンを載せろ」

グンゾーはソビエト兵と交換した木箱の中を探りながら、チョンホイに言った。

「何をするつもりだ？」

「早くしろ」

チョンホイは残っていた同志たちを呼び寄せ、備蓄しておいたガソリンタンクを先頭で止まっている車の荷台に載せた。載せ終えたことを確認すると、グンゾーは素早くその車へ飛び乗った。

「逃げる気か？」

すかさずチョンホイはグンゾーに銃を向けたが、すでに車は動き出していた。車は暗闇に向かってまっすぐ進み、側面に銃弾が突き刺さってくる。フロントガラスにもひびが入り、まともに運転できなくなる。

しゃがみ込みながらアクセルを踏んでいたグンゾーは、運転席の扉を開け、勢いよく飛び出すと同時に、無人の車に向かって手榴弾を投げ込んだ。地面に倒れ込んだグンゾーは、耳を塞ぐ。大地が割れるようなドンという激しい音が聞こえると同時に、炎が燃え広がっていった。虚を衝かれた襲撃者たちから、悲鳴が上がる。グンゾーは脇目も振らずに銃を抱えて、チョンホイがいる取引場所まで走っていった。

涼しい顔で戻ってきたグンゾーを見て、チョンホイは言葉を失っていた。ぼうっとしているチョンホイに向かって、グンゾーは言った。

「さっさと集合させてずらかるぞ」

乾いた原野に生えていたススキはよく燃えた。復讐に燃えるソビエト兵と襲撃者との間で銃撃戦が起こっている。チョンホイが同志たちを集めている間、グンゾーは車の下に潜っていたウンジャに近づいた。

「生きてるか？」

ガソリンを載せた車の爆発はすさまじく、ウンジャは涙目になりながら耳を塞いでいた。

「何なの、今の？　死ぬかと思ったじゃない！」

車の下からウンジャを引っ張り出している間に、生き延びたチョンホイの同志たちが荷台へ飛び乗っていく。原野から黒煙が上がり、日中のように明るくなる。闇夜に隠れていた兵士や、共産党員の死体が姿を現す。どこも怪我をしているようには見えなかったのに、息を引き取っていた。

「出るぞ！」

チョンホイは運転席に座り、車を発進させた。

「どこでもいいからしっかりつかまっていろ」

グンゾーは荷台から後方に向けて銃を構え、追っ手を警戒しながらウンジャに言った。

車は炎のない原野の合間を縫って進んだが、そこかしこから銃弾の雨が襲いかかってくる。幌を貫通して、ウンジャの横にいたチョンホイの同志が胸を撃たれた。ウンジャは、呼吸を止めた。弾が当たらないよう、祈るほかなかった。

車が、ぐらりと左右に揺れた。パン、という破裂音と共に車が前に進みにくくなっている。

「後輪を撃たれた!」

グンゾーが、チョンホイに向かって叫んだとき、車が岩を踏みつけた。今度は車体が上下に揺れ、その拍子に支柱から手を離したウンジャが、荷台から投げ出されていった。勢いのあまりウンジャは、声すら上げることができない。ウンジャが落ちたことなど気付かず、車は暗闇に向かって進んでいく。

グンゾーは荷台から飛び出していた。チョンホイの同志が支那の言葉で何かを叫んでいる。戻れ、とか、何をしているんだ、という意味であることは、グンゾーにもなんとなくわかった。空中でウンジャの腕をつかみ、地面に叩きつけられた。

「大丈夫だ」

髪がぐしゃぐしゃになり、顔も泥だらけになっていたが、ウンジャはまだ生きていた。言葉を失いつつも、涙目でうなずいている。グンゾーはウンジャを起こして言う。

「できるだけ腰を低くしていろ。俺についてこい」

ウンジャの手を引いて、ススキの合間を抜けていこうとしたとき、光が当たった。車のヘッドライトが、四方からグンゾーとウンジャを照らしている。グンゾーは、銃から手を離し、両手を挙げた。

車から、続々と兵士たちが降りてくる。顔は支那人に似ていたが、チョンホイの同志というわけではなさそうだった。兵士たちがグンゾーとウンジャを取り囲み、最後に太った小男が降りてきた。ゆっくりと手を叩いて、兵士たちの貢献をたたえているかのようだった。太った小男は、グンゾーとウンジャを見た。小気味よく拍手をしていたが、目は笑っていなかった。

支那の言葉で合図を出し、兵士たちはグンゾーとウンジャに頭から布袋を被せて、車に押し込んだ。二人を乗せた車は、まだ炎の消えない原野を離れ、遠くへ向かうのであった。

第五章　挫折

騒がしい声が、グンゾーを目覚めさせた。

「とっとここから出さんか！」

向かいの鉄格子に入れられた九鬼軍曹が、叫び声を上げていた。薄暗い洞窟のような牢屋に、ろうそくの火がともっている。九鬼軍曹の横では、壁により掛かった六浦上等兵が、天井からしたたり落ちる水滴を眺めていた。

「叫んでも無駄な体力を使うだけですよ。ここの連中は食いものだって出してくれるし、飲み水もくれるし、少しぼろいけれど寝具だってあります。下手に辺りをうろつくくらいなら、ここにいた方が飯の心配はいらないかもしれません」

三条上等兵は、部屋の隅で膝を抱えながら座っていた。

「僕は、言われたんですよ、戦地でお国のために華々しく散ってこいって。争いごとは苦手だし、すぐに死ねると思ったのに、どうしてまだ生きているんだ。早く楽になりたい……」

珍しく三条上等兵が、九鬼軍曹に向かって意見を言った。

「軍曹殿、戦陣訓には、生きて虜囚《りょしゅう》の辱《はずかし》めを受けず、死して罪禍の汚名を残すこと勿《なか》れ、とあります。僕らは今、どう見ても捕まっていて、恥をさらしまくっています。帝国軍人たるもの、潔く引き際をわきまえるべきではないでしょうか」

なんてことを言い出すんだと六浦上等兵は、三条上等兵に殴りかかろうとした。それよりも先に、九鬼軍曹の恫喝が飛んできた。

「何を言っておるのだ、貴様は！　我ら帝国軍人は、一人一人が陛下の宝なのだ。臣民である我らがどうして陛下の宝を、自ら捨てるようなまねができる！　そんな馬鹿げた文句は、制服組が考えた詭弁《きべん》だ！　真の帝国軍人たるもの、たとえ一時の恥をかいたとしても、生きて軍務を全うすることにある！　それ以上泣き言を言うようならば、ここで《特訓》をしてやってもいいのだぞ！」

三人のやりとりを、グンゾーは鉄格子越しに見つめていた。それに気が付いた九鬼軍曹が、格子をつかみながら怒鳴りつけてくる。

「検見軍蔵！　貴様、いつまで寝ているつもりだ！」

「またあんたか」

グンゾーの牢屋に、ウンジャの姿はなかった。粗末な尿瓶《しびん》と、桶に入れられた水くらいしか置かれていない。

「女を見なかったか？」

グンゾーはそう問いかけたが、九鬼軍曹は顔を真っ赤にした。

「貴様！　上官に向かってその口のきき方は何だ！　あれほど《特訓》してやったというのに、まだ礼儀が身についておらんのか！」

九鬼軍曹の説教を、グンゾーは軽く受け流す。

「俺はもう軍人ではない。今は、究極の餃子を探す旅人だ」

「なにぃ？　餃子だとぉ？」

餃子という言葉になじみのなかった九鬼軍曹に、ぽんと六浦上等兵が手を叩いた。

「軍曹殿、あれですよ。前、ここの看守が持ってきてくれたまんじゅうみたいな食いもののことです。あれはうまかったなぁ」

「食いものにうつつを抜かすなど、帝国軍人たるもの……」

今度はグンゾーが会話を遮る番だった。

「おい！　それはどんな形をして、どんな味がした？　詳しく説明しろ！」

六浦上等兵から見ると、格子をつかんで牙を剝くグンゾーが、動物園の獅子のように見えた。

「混ぜた野菜と肉が入っていたような気がするぞ。長野の実家で食ったおやきにも似ているけど、こっちの方がもっと水気があって食感がよかったな。ちくしょう、こんな話をしていたら腹が減ってきやがった」

「ここにも餃子はある……」

六浦上等兵の証言は、グンゾーを蘇らせていた。軍の教練では、一度としてそんなやる気のある姿を見たことがなかったので、九鬼軍曹の怒りは増していく。

「たとえ軍を辞めたとしても、貴様は軍によって育てられたのだ。食いもののために、同胞たちを無視して放浪するなど、恩知らずも甚《はなは》だしい。臣民たるもの、陛下のため戦いが終わるまで戦い続けるのが本分であろう！」

グンゾーは九鬼軍曹を見据えた。

「あんたにとっての陛下が、俺にとっては餃子なんだ。自分が信じているものを、他人も信じていると思い込まないことだ」

「なんたる不遜な態度！　そこに直れ！《特訓》してやるッ！」

牢屋の中で暴れ出す九鬼軍曹を、六浦上等兵と三条上等兵が二人がかりで押さえ込み、他の牢屋から怒号が飛んでくる。支那の言葉以外にも聞き覚えのない言語が多く混じっており、地下牢は国際色が豊かだった。

「誰かに何かを信じさせたいのなら、全身で納得させることだ。究極の餃子を食えば、頭で考えるより、身体で喜びを感じることができる」

「何を訳のわからんことをほざいている！　今すぐ正座しろぉ！」

暇な囚人たちにとって、けんかは最大の娯楽だった。牢屋のあちこちからはやし立てるような声が上がる。グンゾーはボロボロの布団に横になり、眠りに就いた。

騒ぎを聞きつけた看守がやってきて、支那の言葉で怒鳴りつけると静まっていく。静寂に包まれた地下牢の廊下に、足音が響いていた。ゆっくりとした歩調で、がさつな看守のものではない。鍵束を持った女が、グンゾーの牢屋の前で足を止めた。

「おい、女！　そいつの牢を開けたら私のも開けろ！　私が代わりに処刑してやる！」

「軍曹殿、落ち着いてください！　腹が減るだけですよ！」

九鬼軍曹と六浦上等兵のやりとりなど、女にはまるで聞こえていないようだった。女は髪が長く、手足が細かった。藍色の旗袍《チーパオ》を着ており、美しい姿勢がやかましい囚人たちを沈黙させている。表情の変化に乏しく、顔には陰があり、本当に自分の意思で動いているのか判別がつかない。

鉄格子が、ギィというきしんだ音を立てて開いた。女は牢屋の中に入り、寝転がったグンゾーを見ている。気配を感じたグンゾーは振り返ったが、女は一言も言葉を発さなかった。

女は格子を開けたまま廊下へ戻っていった。それをついてこいという合図だと認識したグンゾーは、起き上がって女の後を追った。

「逃がさんからな、検見軍蔵！　貴様だけは、絶対に！」

長い地下牢の廊下を抜け、階段を上ると屋敷に出た。広い屋敷で、中庭には川が引き込まれており、アカシアが咲いている。地下牢の薄汚れた雰囲気から一変して、屋敷は贅を尽くした造りをしていた。絨毯張りの廊下は足が沈むほどふわふわで、至るところから甘いバラのような香りが漂っている。

絵画が飾られた踊り場を抜けて、二階の一番奥にある部屋の前で女は足を止めた。入り口の横には、花瓶に百合が生けられている。女は部屋に入る前に、グンゾーの顔を見ると指を両耳に突っ込んできた。

女は淡々とした様子で、グンゾーの鼻の穴にも指を突っ込み、口を開けさせ、指は下半身へ向かっていった。その手際のよさは、軍医に検診されているようであった。何も言わずに、グンゾーは女の身体検査を受けた。女は取り出したハンカチで指を丁寧に拭き、扉をノックした。返事はなかったが、数秒待って女は扉を開けた。

部屋は壁が朱色に塗られた書斎だった。本棚にはぎっしりと本が並び、食器棚には虹色に光るワイングラスや青磁の皿が飾られている。無数の勲章が付けられた軍服や、刀も飾られており、美術館のような雰囲気であった。部屋の主人は、テーブルに肘をつきながら、拳銃を布で磨いていた。

女とグンゾーが入ってきたことに気付き、部屋の主人は愛銃の手入れをやめた。

「ようこそ」

日本語でグンゾーを迎え入れたのは、チョンホイたちを襲撃したときに指揮をしていた太った小男だった。原野で会ったときには気付かなかったが、男は顔の半分が麻痺しているのか瞬きが右目しかできていない。それでも表情のぎこちなさとは裏腹に、丁寧な日本語にはいっさいのよどみがない。

グンゾーを連れてきた女は頭を下げて、入り口の隅に寄った。

男は窓際に置かれていたソファに座るよう促した。グンゾーが黙って座ると、男は向かいのソファに腰掛けた。今度は、自分の爪にヤスリをかけ始めた。

「ぼく、おれ、わたし、あたし、よ、ちん、われ、せっしゃ。まろ、なんて言い方もあったか。日本語は、自分を表す言葉が多くて楽しいな。我輩というのは、偉そうで実に面白い。言葉とは不思議なもので、我輩と言っていると、日本人は我輩がさも偉い人物だと思い込むようだ。そのおかげで、彼らとは仲よくさせてもらっているよ」

粉になった爪を、男はふうと吹き飛ばした。

「政治の世界で重要なのは、いかに己を大きく見せるか、だ。我輩は、母の胎内に半年しかいられなかったせいで、身体が小さい。身体の小さいヤツが馬鹿にされるのは、人間も動物の世界と変わらない。肥満は相手を威圧する最も端的な手段だ。元から体格に恵まれているキミがうらやましいよ、グンゾー」

「なぜ俺の名前を知っている」

爪の点検を終えた男は、両手を広げてささくれを見つけ出した。すべての指が、腸詰めのようにぷっくりと膨れている。

「我輩は、日本人からショーグンと呼ばれている。キミも、その方が呼びやすいだろう」

「俺の質問に答えろ」

ささくれをちぎり終えると、顔にできたイボに触れた。

「キミは、ノアという男を知っているかな」

ショーグンには、まともに会話をする気がなさそうだった。グンゾーは黙ってソファに寄りかかることにした。

「『創世記』に記されている男だ。腐敗した世界を嘆いた神は、洪水を起こして浄化することを決めた。神も鬼ではない。新しい世界に連れて行く生き物だけを舟に乗せよと命じられたノアは、巨大な舟を作る一方、魂の選別を行うことにした」

ショーグンは気に入らない場所に生えた眉毛を、一本ずつ抜いていった。

「ノアとは、我輩のことだ。我輩は、洪水の後の世界に連れて行く人間を選んでいる。

我輩の先兵に囲まれながら、命を顧みずに、果敢にも立ち向かってきた。あの場で殺さなかったのは、キミが魂の選別に合格したからだ」

書斎の水槽には、赤い小さな魚が泳いでいた。グンゾーは、問いかけた。

「ウンジャはどこだ。一緒に連れられてきたはずだ」

ショーグンは立ち上がって、書斎の窓を開けた。冷たい冬の風が入り込んでくる。窓から、庭がよく見えた。広い庭で、二匹の虎が歩き回っていた。川の水を飲み、視線をあちこちに動かしている。

「ノアは、多くの動物を舟に乗せたそうだ。約束のときまで、我輩も一匹でも多くの動物を集めるつもりだ。動物の世話には人手がいる。合格したキミに、動物の世話をさせるのは心苦しいが、ぼうっとしていても暇であろう。話は、そこのミンに通してある。ここで、しばらく出航の準備を手伝ってもらおう」

話を切り上げたショーグンは、窓を閉じ、書斎の椅子に座って、再び拳銃の手入れを始めた。ショーグンは集中しており、グンゾーがいることなど忘れてしまった様子だった。

「ウンジャにもしものことがあったら……」

グンゾーは、ショーグンに迫ろうとした。立ち上がったグンゾーに、ショーグンは銃を向けた。

「とっとと出ていけ！」

その小さな身体のどこから、そんなに大きな音を出しているのかと思うくらいの怒号だった。顔を真っ赤にし、鼻息を荒くしながら、銃を握る手が震えている。

「消え失せろ！」

殴りかかって、知っていることを吐かせてやりたかったが、ミンと呼ばれた女がグンゾーの後ろに立っていた。グンゾーはミンについてショーグンの書斎を出るほかなかった。

屋敷のあちこちで、兵士がにらみをきかせている。緊張が解け、腹が鳴った。前を歩いていたミンは、グンゾーの腹の音を聞いて足を止めた。くるりと振り返り、目を見てくる。

「ここで、餃子は食えるのか？」

返事はない。しばらくグンゾーを観察したミンは、再び歩き出し、一階へ下りて隣の棟に向かった。別館の一階は、柵で囲まれたテラスが庭へ突き出すように作られており、下には川が流れている。

ミンに促されて、テラスの椅子に腰掛けたグンゾーは、庭の木の間からにゅっと姿を現した虎と目が合った。黄色と黒の見事な縞模様の虎だった。身体つきはしっかりしており、よく見ると口元が赤く染まっている。虎はわずかにグンゾーを見たが、すぐに興味を失い、食事へ戻っていった。

虎を見ていると、いいにおいが漂ってきた。海を感じるような、甘い香り。ほどなくして、ミンが皿にのせたせいろを運んできた。竹製のせいろからは、湯気が上がっており、それがごちそうであることは疑いようがなかった。

ミンがせいろの蓋を開け、もくもくとした湯気が上がった先に、グンゾーの求めていたものがあった。

「なんだ、これは」

つやつやと輝きを放つ、鮮やかな色の餃子が湯気を上げている。マンドゥや水餃子とは異なり、皮が濃いオレンジ色やエメラルドのような翡翠色、桃に似たピンク色をしていて、これまでに見たことのない品があった。大きさは小ぶりで、皮のひだがホタテ貝のように放射状に伸びている。皮の透明度が高く、具が透けて見える。手を付けるのが惜しくなるほど、均整がとれていた。

グンゾーは言葉を失っていた。ミンは赤く溶けた味噌のようなタレを入れた小皿をせいろの前に置いた。

箸を渡されたグンゾーは、ごくりとつばを飲み込んだ。震える箸でオレンジ色の蒸餃子を取り、何も付けずに口へ運んだ。

かんだ瞬間から、うまみの混ざり合った汁があふれてきた。皮にほどよい粘り気があり、歯切れがいい。エビの他にコリコリとしたタケノコの食感もあったが、グンゾーを驚かせたのは、これだけ小さい餃子の中に、汁をすすったときのようなうまみが隠されていることだった。皮も具も食感を残しながら、かつ新鮮な果実を食べたときのようなうまみの広がりを味わうことができる。

正確な調理法に基づき、きちんと配分やタイミングが計算されて作られた、あまりに高度な蒸餃子を食べたことで、ガラスが破られるかのように今までの思い込みが音を立てて崩されていった。

この蒸餃子には、歴史が込められている。皮を作るときの粉の配分、エビの切り方、調味油の量、蒸す時間、皮の食感から風味に至るまで、こうなることを想定して作られている叡智の結晶だ。少し前に究極の餃子を食っただけの俺が、これを超える感動を人に与え、満足させる究極の餃子を、果たして生み出すことができるのか。

グンゾーの箸は、二つ目の翡翠色をした蒸餃子に向かっていた。グンゾーは、この翡翠の蒸餃子がまずくあってほしいと願っていた。うまさという、絶対的な事実で、自分のちっぽけな自信をかき消さないでほしい。

口に入れた瞬間、ほうれん草の甘いかすかなにおいが鼻を抜け、最初の蒸餃子とはまた違ったエビの食感が、グンゾーに海を感じさせた。

三つ目の桃色をした蒸餃子は、二つの餃子よりはるかにシンプルな作りだった。エビの風味を味わうことに特化しており、皮もうまみの汁も、すべてがグンゾーの口の中で、心地よくエビが泳げるように計算されている。エビを味わうのではなく、エビを楽しむ一品だった。

せいろを空にし、グンゾーはそっと箸を置いた。食事の間、ミンは一言も声をかけなかった。グンゾーは、床へ崩れ落ち、両手で身体を支える。ミンも心配して、グンゾーに近づいてきた。グンゾーは、頭を抱えながらつぶやいた。

「なんて、浅はかだったんだ」

テラスの下を流れる川の音が、静かに響いていく。

「餃子は、天地だ。人が、どうにかできるようなものではない。俺は……」

一人で葛藤するグンゾーを、不思議そうにミンは見ていた。グンゾーは顔を上げ、ミンを見た。

「これは、あんたが作ったのか?」

自分よりも若いミンが、これほどのものを作れるなど、グンゾーは思いたくなかった。

ミンは、首を縦に振った。

グンゾーは、拳に力を入れて、床を強く叩いた。この感情に、グンゾーは覚えがなかった。

「思い上がっていた」

胸ポケットから、グンゾーの手帳が落ちた。そこには、ハルモニやウンジャ、アンフエンが調理をする際の工程が、びっしりと記されている。今ではその字が舞い上がっているように見えた。

ミンは、手帳を拾い上げ、ぺらぺらと眺めた。それを見て、ミンはわずかに目を開いた。

いつまでも下を向くグンゾーに、声が届く。

「おいしかった?」

餃子の女神が話しかけてきたのかとグンゾーは錯覚し、顔を上げた。餃子の女神の姿はどこにもなく、声をかけたのは、ミンだった。

「この餃子には、今まで餃子を作り続けてきた人たちの記憶が詰まっている。俺は、これを超えるような、究極の餃子を作りたい」

ミンは何も言わなかった。

「俺には、何もかもが足りていない」

グンゾーは頭を下げた。

「先生の知っている餃子の作り方を、俺にも教えてくれ」

ミンはうなだれるグンゾーの肩に触れ、何も言わずに奥の厨房へ案内した。厨房には、様々な大きさの鍋や包丁、せいろや麺棒に調味料の入った瓶が丁寧に整列していた。調理台の上には、蒸される前の餃子が網の上で並べられている。

キョロキョロと厨房を眺めていると、ミンがグンゾーに手帳を返した。新しいページが開かれている。意味がわからないまま手帳を持っていると、ミンが餃子を手に取って、右手でペンを動かすような仕草を見せた。グンゾーは珍しく笑みを浮かべて返事をした。

「頼む」

グンゾーはショーグンに厨房の横にある倉庫の一角に布団と机を用意してもらい、朝から晩までミンについて回った。

ミンは料理人というわけではなく、自分から料理をするのはまれだった。ミンが厨房に現れると、普段は弟子を叱り飛ばしている料理長が、えびす顔で一角を空けてくれた。

「鮮蝦餃《シンハーカウ》で大事なの、これ」

どんな高級食材を使うのか緊張していたグンゾーの前に出されたのは、小麦粉だった。

ミンは小麦粉に水を加えてこね、一時間ほど寝かせた。

「水餃子の皮に似た作り方なのか」

丸めた生地を水の中でしっかり絞っていくと、白く濁っていく。濁った水を別の容器に移し、一晩放っておくと沈殿した粉と水が分離する。混ざらないよう水だけを丁寧に捨て、さらに一週間ほど乾燥させた。乾燥させてできた粉は、一見すると小麦粉と遜色ない。何度もふるいにかけながら、粉を細かくすると、戸棚から取り出した別の粉と混ぜた。

「これは片栗粉」

二つを混ぜ合わせた粉に熱湯を注いで、テンポよくミンはこねていく。再び一日寝かせた生地を棒状に伸ばしてから親指大に切るのは水餃子の皮と変わらなかったものの、ミンは刃が鋭くない長方形の点心包丁を使って、魔法のように円形に広げていった。

皮を作った後、ミンはようやく新鮮なエビの背わたを、刃の大きな中華包丁で器用に取り除き、粗みじんと細かいみじん切りの二通りに調理していく。一度茹でたタケノコを刻んでからよく冷まし、肉の脂身だけをこそげとって、具を混ぜ合わせた。皮に具を包む際に、放射状の模様を入れていく姿は、グンゾーが見とれてしまうほど華麗だった。

それらをせいろで蒸し上げると、宝石のような蒸餃子が現れた。

黙々と餃子に向き合う時間が、グンゾーから焦りや不安を奪っていった。雪が降ると、庭の虎たちはほとんど外に出なくなり、火をおこした小屋でじっと眠りにつくようになった。今、世の中がどうなっているのか、何の情報も入ってこない。

これだけの餃子を作れるのに、グンゾーはミンが食事を摂るところを、一度として見た覚えがなかった。毎日続けていた修業をその日は中止にし、自分の力だけで一から蒸餃子を作ることにして、食べさせることにした。

朝から始めた餃子づくりが、せいろのふたを開けたとき、日が暮れかけていた。テラスで、ミンは膝に手を置いてじっと待っている。あまりにも動かないので、精巧な人形が座っているようだ。

一人で作った餃子を、誰かに食べさせるのは、これがはじめてだった。湯気が、肌寒いテラスに浮かんでいく。

「遅くなってしまった」

ミンは、グンゾーの蒸餃子を見ていた。大きさにばらつきがあり、ひだの長さもまちまちで、皮がやや厚かった。具が透き通った感じがなく、皮が贅肉のようにだるんとしている。これが、今の実力だった。

「温かいうちに食べてくれ」

ミンは箸を取り、一つを口に運んだ。その姿を、グンゾーはまばたきせずに見つめている。

一分近く口の中で餃子をかんでから、ミンはようやく飲み込んだ。次の餃子には手を伸ばさず、箸を持ったままテーブルに右肘をついて硬直している。沈黙に耐えきれず、グンゾーが口を開く。

「どうだろうか」

餃子があまりにもまずすぎたのか。言葉を選ぶのに悩んでいるのか。グンゾーが額の汗を腕で拭うと、ミンは口を開いた。

「わからない」

予期せぬ返答だった。他人行儀に響いたグンゾーは鼻息が荒くなる。

「わからないとは、どういうことだ。できはどうあれ、うまいなり、まずいなりの感想があってもいいはずだ」

ミンは、箸を置く。

「わたし、味がしないの。何を食べても」

冷たい冬の風が、庭から虎たちのにおいを運んでくる。

「先生の味付けは、完璧だ。いつだって、食感も味付けもにおいも、均質だ。餃子だけじゃない。炒め物や煮魚だって、この館のどの料理人より優れている。味がわからなかったら、こんなにおいしい餃子が作れるものか！」

なぜ腹が立ってくるのか、グンゾーにはよくわからなかった。ミンは、雪の積もった庭の小屋の屋根を見ている。

「昔習ったこと、そのままやっているだけ。もうずっと、味わいを感じたことはない」

記憶がよみがえってくる。味覚のないミンに、何がうまい餃子に結びつくのかを問い続ける日々。そのときに、感じていたミンの気持ち。

乾いた大陸の風を受けても身震い一つしなかったのに、今は全身がすくむ。その様子に気付いたミンは、再び箸を取って、二つ目の餃子を口へ運ぼうとした。

「先生、もういい」

グンゾーはミンを遮った。制止を無視して、ミンは二つ目の餃子を口に運ぶ。先ほどと同じくらいじっくり時間をかけて飲み込み、三つ、四つと食べていき、せいろは空になった。皿を下げて、厨房へ帰ろうとすると、ミンはグンゾーの袖を引っ張った。

「味は、わからないけど」

今度は、きちんとグンゾーの目を見ていた。

「うれしい」

そう言い残し、ミンはテラスを離れていった。

その夜、グンゾーは眠れなかった。倉庫の布団で何度も寝返りを打ち、途中で眠ることを諦めて館をうろついた。ミンの部屋の前で足を止めたが、何も言葉は出てこない。厨房に戻ると、吹き付けた風で窓が音を立てていた。

「……検見軍蔵」

どこからかグンゾーを呼ぶ声が聞こえた。まったく警戒していなかったグンゾーは、食器棚を背に厨房を眺める。人の気配はない。調理台の下や、倉庫、水をためた桶の中までのぞいてみたが、侵入者の姿はない。

ふと窓に目をやると、人影が見えた。帽子をかぶった男が、窓をノックしている。

「誰だ！」

じりじりと窓に近づくと、冬空の下、窓を叩く男の姿があった。グンゾーより若く、ショーグンが支給した軍服に身を包んでいる。見覚えはなく、名前を知られているのが不思議だった。グンゾーと目が合うと、男はたじろぎながら、満面の笑みを浮かべていた。

「ああっ、やっぱり検見軍蔵だ！　間違いない、その切れ長の目に、太い眉。狐のようにこけた頬、土管のように太い首、鉄板みたいに厚い胸！　不機嫌そうな口元も、変わってない！　背は、思ったより大きくないな。少し痩せちゃったのかな」

外はかなりの寒さらしく、男の鼻の頭が赤くなっている。ぶつぶつと独り言をつぶやく息が、白くなっていた。

検見軍蔵の名を知っている人物と、大陸で出会うとろくなことがない。グンゾーは興奮する男に鋭く問いかけた。

「なぜ、俺の名を知っている」

そう言われ、男は我に返り、素早く敬礼をした。

「はっ、失礼いたしました！　本官は、佐野《さの》仁平《じんぺい》元少尉であります！」

窓を突き破らんばかりに、馬鹿でかい佐野元少尉の声が、夜の館に響き渡った。あまりの声の大きさに、獣たちが眠る小屋から鳴き声が上がる。久々に陸軍仕込みの挨拶をされ、顔をしかめたグンゾーはすかさず注意をする。

「夜中なんだ。静かにしろ」

「はっ！　申し訳ありません」

その返事も、耳を塞ぎたくなるでかさだった。

「そんなところで何をしている」

「はっ！　本官は現在、ショーグン様のお屋敷の警護任務にあたっております！」

はつらつとした佐野元少尉の返事はよかったが、軍人ではないグンゾーにこのやりとりは無意味だった。

「お前、もう軍人じゃないなら、その馬鹿でかい声で話すのはやめろ。家族や、友人に話すようにしてかまわない」

「ほ、本官を検見中尉の家族にしてくれるのでありますか？　そんな！　まだお会いして一分しか経っていないのに！」

佐野元少尉こと、ジンペーは身体をくねくねさせている。

「改めて聞くぞ。なぜ、お前は俺を知っている」

ジンペーは手袋をした両手で両頬に触れた。

「な、なれそめをお話しするんすか？　い、いやぁ、照れるなぁ。検見中尉は、士官学校の頃に行われた相撲大会を覚えてらっしゃるでしょうか」

「覚えてない」

グンゾーに、昔話を要求するのは酷だった。どういうわけかジンペーは、どんと自分の胸を叩いた。

「ご安心ください。検見中尉が忘れていても、本官がこの目にばっちし焼き付けているっす。検見中尉は次々と陰湿な先輩方を土俵に叩きつけ、見事横綱に輝いたんすよ！　あのとき、本官ら後輩は、胸のすくような思いだったんす。あれこそ、本官がはじめて見た、男の中の男。首筋からしたたり落ちる検見中尉の汗、真っ赤に染まった白い肌、臀部《でんぶ》に食い込んでいくまわしの音、あれ以来本官は検見中尉に……」

またしてもジンペーは麗しい過去の記憶に浸ろうとしたが、グンゾーが声をかけた。

「俺はもう中尉ではない」

グンゾーに声をかけられると、ジンペーはすぐに敬礼の姿勢に戻った。長年のクセはなかなか抜けないようだった。

「はっ！　では、なんとお呼びすればよろしいでしょうか？」

「検見でも、グンゾーでもなんでもかまわん」

ジンペーは両手で顔を覆い、ぴょんぴょんとはねながら回転をし始める。

「い、いきなり名前呼びだなんて、早すぎるっす！　心の準備ができてないっすよ。まだ、お互いのこと、よく知らないわけですし。いや、本官は、検見中尉の誕生日まで把握していますが……」

「用がないなら、俺はもう寝るぞ」

厨房の内窓を閉じようとしたグンゾーに、ジンペーは窓に張り付いて抵抗する。

「ああっ、待ってください！　で、ではいきますよ。ぐ、ぐ、グンゾーさんに……」

きゃあっ、という嬌声が上がる。ジンペーは恥ずかしさで顔を上げられなくなっていた。呆れられていることに気付いたジンペーは、このままだと話を打ち切られると思って我に返った。

「失礼いたしました。そのとき以来、本官はぐ、グンゾーさんを心の底から敬愛し、いつか同じ部隊に配属されることを願いながら今日まで生きてきたんす」

「そのお前が、なぜ満州国軍の館を警備している」

ジンペーは腕を組んで、眉をひそめた。

「端的に言えば、色魔にうんざりさせられたからっすね」

質問をしたグンゾーは、予期せぬ単語のせいで、頭の上の疑問符が二つに増えていた。

「本官は、どういうわけか昔から男に言い寄られることが多いんす。士官学校のころ、先輩は三人、同期は六人、後輩は八人に告白をされました。学生ならまだしも、中には上官という立場で、本官に迫ってくる色魔もいたんす」

帽子をかぶっていてよく見えなかったが、ジンペーは確かに目鼻立ちのはっきりとした顔つきをしていた。

「陸軍は狭い世界で、たくさんの不正が横行しているっす。みんなおかしいと思っていても、それを口にすると自分が迫害されるからと、口を閉ざすばかり。そんな中、先輩や上官を叩きのめしていったグンゾーさんを見たら、心を射貫かれるのも無理はない話っす。あっ、最後のはあんまり聞かないでくださいね！　恥ずかしいので！」

ジンペーはグンゾーの話をするとき、少女のようにはしゃいでいた。

「卒業後、満州に配属されて一段落かと思ったら、戦地の兵たちはもっと欲に飢えていて、夜もまともに寝られない状況でした。みんな、死ぬのが怖くて、我を忘れてしまう気持ちは、本官にもよくわかりますが、権力や地位をふりかざして、本官を辱める権利など誰にもありません。本官もグンゾーさんのように、自分で考えて行動しなければならないと思い、作戦中に部隊を離れ、ソビエトに向かおうと決めました」

「よく逃げられたな」

ジンペーは照れくさそうに首に触れた。

「実は、かなり危ない目に遭いまして。どいつも、お前を殺して俺も死ぬ、なんて言って追いかけてくるんす。途中で雨水をすすり、畑から野菜を盗んで、牧草の中で仮眠を取り、どんどん疲弊していきました。追っ手に見つかって、抗戦していたときに、警備中だったショーグン様に保護されて、この館で警備をするようになったんす」

「あのショーグンという男は何者なんだ？」

「元は、張学良《ちょうがくりょう》と並ぶ支那の東北地方を治める強力な軍閥の一人だったらしいのですが、早々と関東軍《かんとうぐん》に合流して、今は満州国軍の北部戦線の防波堤のような任務に就いているんす。まあ、それは建前で、いろんな国とつながりがあり、何か新しい計画をもくろんでいるのは確かっすよ。本官としては危ないところを救っていただいたので、恩義を感じています」

ジンペーは、根が明るい性格なので、あっけらかんと話をした。ショーグンは生命力の強い人間を探していると言っていたが、ジンペーは間違いなくそのお眼鏡にかなう人物だった。

ジンペーは手提げ銃を持ち替えて、月を見た。

「本官も陛下のため、命を捨てる覚悟で戦地へやってきた信念に偽りはありませんが、軍は命を賭して戦うにはあまりに不誠実で、風紀は乱れていました。共に戦うためには、仲間を信頼できていなければならないはずっす。兵士たちの命を使い捨てるのが当たり前になっている組織の考えに、本官は疑問を覚え、軍を離れました。館の警備をするようになってからも、本当にこれでよかったのか、考えるのが苦しくて眠れなくなる日も、続きました」

ジンペーは首を動かして、グンゾーを見た。その目は、外で吹き付ける雪のせいか、きらきら輝いているように見えた。

「やはり、本官の考えは間違ってなかったんす！　ずっとお会いしたかったグンゾーさんに、とうとう会うことができたんすから！　これって、もう運命と呼ぶほかないっす！」

舞い上がっていたジンペーは咳払いをし、グンゾーに問いかけた。

「グンゾーさんこそ、どうしてこんなところに？」

グンゾーは、厨房に置いてあった点心包丁を手に取った。

「俺は今、究極の餃子を探す旅をしている。お前は餃子を食ったことがあるか？　究極の餃子を食って、俺は生まれ変わった。たくさんの人間があれを食えば、人生が豊かになる。究極の餃子にたどり着き、それを広く普及する。それが、今の俺の任務だ」

ジンペーは拳を強く握り、腕で目を拭っていた。

「それっす、それっすよ、グンゾーさん！　本官は、その謎の自信と熱に突き動かされているグンゾーさんに惚れ込んだんす！　本官にもその手伝いをさせてくださいっす！　本官なら、グンゾーさんのあんなお世話やこんなお世話まで、何でも喜んでこなしてみせます！　いや、ダメと言ってもついていきますからね！　本官はもう、自由なんすから！」

高らかに叫んでいたジンペーだったが、グンゾーには一つ気になることがあった。

「先生、いや、ミンは、何者なんだ？」

ジンペーの表情は夏の空のようにころころと変わる。ミンの名前を出した途端、唇をとがらせた。

「グンゾーさんも、残酷な人っす。大体、毎日のようにミンと一緒にいること、本官知ってるんすからね」

ジンペーは膨れた顔でグンゾーを見てから、ため息をついた。

「まぁ、恋も戦いも、正々堂々が本官の性分すからね。ミンはショーグン様の姪なんすよ。一族の忘れ形見で、館の人間はそう易々とミンに話しかけることなんてできないんす。ミンも無口で、ショーグン様のほかに話す相手はいません。どうも、不吉だと思われて、館の人間からも避けられているみたいっすね。グンゾーさんも罪な男っすよ。あんな無愛想なミンと仲よくなってしまうんすから、根っからの人たらしっす」

ジンペーの言葉には、まだとげがある。

「先生に昔何かあったとか、そういう話は知らないのか？」

グンゾーの質問を遮るように、笛の音が聞こえてきた。

「ああっ、すみません、グンゾーさん！　交代の時間がきてしまいました！」

ジンペーは根っからの律儀な性格が災いし、別の夜警との引き継ぎを始めようとする。

「待て！　まだ話は終わっていないぞ！」

「明日、同じ時間にきてください！　本官はいつもこの時間、警備を任されています。変に疑われて、館の警備を首になったら元も子もありませんから！　では、失礼します！」

　グンゾーはもう一度呼んでみたが、ジンペーは駆け足で館の陰に走り去っていく。グンゾーの眠れない理由が、もう一つ増えてしまった。

第六章　ボーズ

うれしいとはなんだ。うれしいとは、作った俺がうまいと言われて感じるものではないのか。

うまさとは味覚であり、最も大切な要素のはず。不機嫌だろうが、気分が悪かろうが、うまいものはうまいはず。うれしい、という感情は、究極の餃子に必要なものなのだろうか。考えるより、手を動かすべく、厨房に近づくと、中から出てきたミンと鉢合わせになった。

試食会を行ってから、グンゾーはミンとの修業を中断していた。顔を合わせにくく感じていたからだ。そんな戸惑いなど気にせず、ミンはグンゾーの腕をつかんだ。

「ついてきて」

ミンは、グンゾーをショーグンの部屋へ連れていった。

ショーグンはパイプを丁寧に磨いていた。よく晴れた冬の陽光が、部屋に差し込んでいる。ミンはいつものように、入り口の近くに立った。

「何か用か」

一応声はかけたが、予想通り返事はなかった。ここでは、ショーグンの流れに身を任す以外に進展は望めない。パイプに息を吹きかけて、金の刺繡が施されたハンカチで磨いていると、窓際に鷹のような大きな鳥が飛んできた。ショーグンは、パイプを机に置き、代わりに小箱を手に取って中から取り出した餌を鳥に食べさせた。鳥は、鋭い爪で窓枠をつかみながら、ショーグンのエサをついばみ始める。

「我が舟の居心地が快適なようで安心したよ、グンゾー」

ショーグンは鳥の頭を指でそっと撫でる。

「いつだって出て行けるのに、ここに残っている。実に賢明な判断だ」

グンゾーは反論しようとしたが、ショーグンの話は途切れなかった。

「舟の周りは、腐敗した人間であふれかえっている。関東軍、共産党員、国民党員、朝鮮や満州族の抗日ゲリラ、ソ連やアメリカのスパイ、各国の脱走兵たち。彼らはみな、洪水で浄化される。終末の日が訪れるまで、自分の身を危険にさらす必要もあるまいが」

鳥は、食事に満足して、どこかへ飛び去っていった。

「キミの沸き立つような生命力を、狭い舟に閉じ込めていては、気も滅入るだろう。仕事を用意した」

「仕事？」

ショーグンは、庭を見た。寒くなり、雪が積もっている庭に、虎が顔を出すことはなくなっていた。

「庭の虎は、新鮮な羊が好物だ。我輩の懇意にしているモンゴルの遊牧民が、羊を調達してくれる。いつも世話係に羊を取りに行かせるのだが、今朝その男がエサになってしまった。今、運び手を必要としている。冬の草原は、空気が乾いていて気持ちがいいぞ」

「なぜ俺が、お前の使いをやらなければならない。他を当たるんだな」

つまらない用事で呼びだされ、グンゾーは気分を害し部屋を後にしようとする。

「ボーズ」

ショーグンはつぶやいた。

「モンゴルの遊牧民も、餃子に似たようなものを食う。彼らは、羊の調理に長《た》けている。あれは、実にうまい」

「なんだと？」

ショーグンは、手に残った鳥のエサを窓の外に捨てた。それを見て、ほかの小さな鳥たちが集まってくる。

「キミを危険な場所へ向かわせる理由もないか」

「待て」

一時間もしないうちに、グンゾーは荷台にわらの敷かれた車の助手席に乗り込んでいた。運転席から、鼻歌が聞こえてくる。

「夢みたいだ！　グンゾーさんと、車で逢い引きできるなんて！」

舞い上がったジンペーは、アクセルを踏み込み、道の雪が飛び散っていく。

「グンゾーさん、案外単純なんすね」

浅く積もった雪の草原が、遠くまで広がっている。草原には一本の長い轍《わだち》が残されているだけで、人の気配は皆無。世界が生まれて間もない姿のようだった。

「食いものをちらつかされて、こんな仕事を受けるんすから」

「餃子となれば話は別だ」

グンゾーは、ショーグンから預かった地図を見ていたが、目印が大雑把で読み方がよくわからなかった。

「本当に、餃子がお好きなんすね。日本人は餃子をよく食べるのかと、ほかの夜警に聞かれちゃいましたよ。どうやらこの辺の支那人に、変な印象を与えているみたいっすよ」

「好きという言葉だけでは、うまく表現できない。俺を、突き動かしてくれるものだ」

ジンペーは自分のことのように納得していた。

「本当に好きなものって、言葉にしにくいですよね。本官も、グンゾーさんへの気持ちは、感謝や愛情だけでは足りない気がしますから。って、何言わせるんすか！　もう！」

車が蛇行し、グンゾーの首が左右に揺れる。

「で、話の続きは聞かせてくれるのか」

ジンペーは上唇を鼻の頭にくっつけた。

「まーたミンの話ですかぁ。ちぇっ、今は本官との時間を楽しんでもらいたいのに」

「先生は、何を食べても味がしないと言っていた」

遠くの空で、二羽の鳥が８の字を描きながら飛んでいた。

「そうなんすか？　それは知らなかったな。あんなにおいしい料理が作れるのに」

何を食べても味がしない、とつぶやいたミンの姿を、グンゾーはありありと思い出すことができた。ジンペーはハンドルを片手で握って、空いた手で頭をかいた。

「ショーグン様が、関東軍と合流する決断をしたとき、一族はもめにもめたそうなんす。国民党と合流すべきだ、共産党からの誘いを受けるべきだ、ソ連に逃げ込んだ方がいい。対立が深まったあげく、一族内で争いが起こり、ミンのお父さんでもありショーグン様の弟に当たる方が謀殺され、ミンは行き場を失い、この館に流れてきました。きっと、それが味覚を失った原因なんでしょうね」

隙間から入り込んでくる風が寒かったので、グンゾーは襟巻きで口を覆った。

「本官も、大切な人を失う姿をたくさん見てきました。大陸で、情は邪魔になるっす。感傷的でいたら、心が壊れてしまうっすよ」

しばらく進むうちに、青空に雲が目立つようになった。

「そんな四面楚歌の状況で、ショーグンはよく持ちこたえているな。物資も充実しているし、満州の僻地にこんな場所があるとは思いもしなかった」

ジンペーはグンゾーの顔を見て、人差し指を立てた。

「そこなんすよ、グンゾーさん」

「前を見ろ、前を」

車がよろよろと揺れる。

「本官も、不思議に思ってたんす。ふつう、ソビエトと日本の板挟みになりながら、内乱状態にある大陸で、あそこまで均衡を保っていられるなんてあり得ません。必ず、協力者がいるはずなんす」

「それが、今向かっているモンゴルの連中じゃないのか」

ジンペーは得意げに指を振った。

「これは本官の勘ですが、ショーグン様はアメリカの支援を受けていると思うんす。欧州は自分たちのことで精一杯。となれば、アメリカが戦争の終わった後の世界で覇権を得るために、今から手を打っていてもおかしくはないはずっす。現に、本官は英語の書かれた木箱や、小麦の入った袋を見たこともあります。アメリカという国は、豪快に見えて狡猾っすからね」

ジンペーは興奮して、頬が赤くなっている。グンゾーは窓枠に肘をついて、頬を支えた。

「落ち着いて、餃子を食いたいものだ」

ジンペーに運転を任せたのは正解だった。地図を見て、何もない草原をすいすいと移動していく。雪がまばらになった場所にやってくると、天幕を張ったゲルが見えてきた。ゲルの近くには、草を求めてうろつくヤギや羊の姿が見える。動物の呼吸と、ゲルから漂う生活のにおいが、二人を迎えた。

車の音を聞きつけて、ゲルの周辺を警備していたモンゴル人が近づいてくる。手提げ銃を構え、ジンペーとグンゾーをにらみつけていた。二人は両手を挙げて敵意がないことを示し、荷台から木箱を取り出して、警備の一人に中身を確認させた。仲間が数人集まってきて、木箱の中身を吟味している。

何を運ばされているのか、グンゾーは質問しなかった。荷物の中身を知るのは、運送屋の仕事ではない。大陸生活が長くなるうちに、グンゾーは知恵を身につけていた。

手持ち無沙汰にしているグンゾーたちを、体格のいいモンゴル人の男がゲルに招き入れてくれた。日はとっぷりと暮れており、気温は氷点下になっている。身体がガチガチに硬くなっていたが、ゲルの中は外の寒さが嘘のように暖かかった。

獣と草と、甘い香料の香りが混ざったにおいに包まれている。調度品や調理器具も機能的に並べられており、秘密基地のようだった。奥の炊事場で、二人の女性が大きな鍋で何かを煮ていた。案内してくれたモンゴル人の男に座るよう促され、フェルトで作られた座布団に腰をかけた。

「歓迎、されてるんすかね」

ジンペーはグンゾーにささやく。見知らぬ客人に興味を示したモンゴル人の子供たちが、外から帰ってきて、距離を保ったまま見つめてくる。

「いいにおいがするな」

鼻をくんくんさせるグンゾーを見て、ジンペーはお腹に手を当てた。

「お腹と背中がくっついちゃいそうっすよお」

ほどなくして、背の低いおばあさんが、お椀を持ってきてくれた。中には真っ白い液体が注《そそ》がれていて、湯気が立っている。ミルクのようなにおいがした。ジンペーはにおいを嗅ぎながら、なかなか口を付けずにいた。

「これ、飲めってことなんでしょうか」

おばあさんは、警戒するジンペーを安心させようと、ニコニコしながら飲む仕草を見せてくる。グンゾーは一切の躊躇なく、白い液体を口にした。

「む、塩辛いな」

温かい牛乳を想像していたグンゾーだったが、砂糖ではなく、塩で味付けされている。乳だけでなく、お茶の味もする。モンゴル風ミルクティーといった印象だったが、喫茶店で飲むようなものとは異なっている。

熱心に味を分析しようとするグンゾーとは裏腹に、ジンペーはまだ躊躇していた。

「本官、牛乳を飲むとお腹が緩くなるんすよお」

グンゾーは、乳茶を飲み干してジンペーに進言した。

「乳というよりは、汁に近いかもしれない。ほどよい塩気と、乳のコクが、身体を芯から温めてくれる。お前も飲め」

グンゾーが毒味をしてくれたのだから、飲まないわけにはいかない。意を決して、ジンペーは乳茶を飲んだ。温かい乳が、ジンペーの長旅による疲労を和らげていく。

「おお！　うまい！」

熱いので一気に飲み干せなかったが、ちびちび飲むたびに乳の風味や、茶の苦みなど複雑な味わいがある。

「これ、羊の乳なんすかね。お茶が入っているのもいいっすね。乳臭さがお茶の味で気にならないんすよ。へぇ、モンゴルの人たちって、こんなうまいもん飲んでるんすねえ」

しみじみと乳茶を飲む二人の元へ、鍋の前にいた女性が両手で大きな皿を持ってきた。その上には、グンゾーを狂喜させるものが、湯気を立てている。

「こ、これは！」

皮の上部に穴が開けられた餃子のようなものが、ほかほかと蒸し上がっていた。餃子よりも一回り大きく、生地が厚めでまんじゅうにも似ている。腹ぺこだった二人は、舌なめずりしている。小皿を渡されたものの、箸も何もなかったので、どう食べたらいいのかさっぱりわからなかった。

「今度は本官が先に食べます！」

グンゾーにいいところを見せようと、ジンペーは毒味役を買って出た。あつあつのモンゴルまんじゅうを手に取り、勢いよくかぶりつく。皿を運んでくれた女性は、それを見て慌ててジンペーを止めようとしたが遅かった。

「あっっっぢゃあああああ！」

モンゴルまんじゅうの奥から飛び出してきた、おびただしい肉の汁がジンペーの口の中を焼き払っていく。もだえるジンペーを尻目に、グンゾーは冷静だった。

「慎重に食べる必要があるな」

犠牲となったジンペーを教訓に、グンゾーは前歯だけでモンゴルまんじゅうにかみついた。これまでの餃子とはまるで異なり、中身はほぼ肉で、豚や牛とは違う風味だった。具からあふれ出てくる肉の汁が尋常ではなく、かじりついた隙間からどんどんこぼれていく。

それを見ていたおばあさんは、得意げに笑ってまんじゅうを一つ手に取り、かじりついて見せた。おばあさんは、汁をこぼさないよう、すすりながらかじりついている。その吸い付く様子が、グンゾーには粋に見えた。

「なるほど。吸えばいいのか」

未だ熱さでもだえるジンペーをよそに、グンゾーは二個目のモンゴルまんじゅうに手を伸ばした。

「肉と塩以外に、特別なものが入っている感じはしない。香辛料や、野菜のだしとは無縁だ。この風味は何だ。どうして、こんなにたっぷり汁が入っている。肉を、肉として食うよりも肉を感じられる。この肉のうまさをガツンと感じられる衝撃は、究極の餃子で感じたものに、どこか近いものがあるぞ」

ようやく飲み込んだジンペーは、舌を出して涙を拭っていた。顔には笑みが浮かんでいる。

「ひどい目に遭ったっすけど、これ、おいしいですね。ほんと、大陸の人たちは、いろんな食いもの知ってるんすねえ」

二人があaでもないこうでもないと騒いでいるのを見て、おばあさんたちは満足しているようだった。グンゾーは、三つ目のモンゴルまんじゅうを手に取って、女性たちに尋ねた。

「これは、なんという食いものなんだ？」

そう言ったものの、おばあさんや女性は日本語を理解しておらず、ニコニコしているだけだった。参ったな。そうつぶやいたとき、ゲルに一人の大きな男が入ってきた。

「ボーズ」

入り口に立っていたのは、牛を思わせるほど屈強な身体つきのモンゴル人の男だった。顔は日に焼けて赤黒くなっており、太い足はＯ脚をしていた。まん丸い顔をしていたが、太っているというよりは筋肉が詰まっている。

「そいつは、ボーズという食いものだ。日本語だと、お前たちのようなヒョロヒョロの子供を意味するんだったかな」

大柄なモンゴル人の男は、腰に手を当ててガハガハと笑った。入ってきたときは、男の屈強な肉体に心がなびきかけたジンペーだったが、グンゾーを馬鹿にされていきり立つ。

「失礼な！　グンゾーさんは日本人では、大きな身体をしているんすよ！　士官学校での相撲大会では横綱に輝いたこともあるんすから！」

ジンペーの反論を、大きなモンゴル人の男はボーズを食べながら受け流す。

「オレは、日本に留学していたことがある。士官学校は、楽しかった。日本語やフランス語、学びたいことがあれば、親身に教えてくれた。蛇口をひねれば水は出るし、ウンコだって専門に片付ける人がいる。あんなに快適な場所は、そうない。相撲が国技というわりに、大して強くないやつばかりなのは、残念だったがな」

「なんだとぉ！」

笑いながら挑発してくる男とジンペーは、真っ向からにらみ合い、火花を散らしていた。

「騒がしいわね、バダルフ。またけんか？」

そう言って、ゲルに入ってきたのはモンゴルの民族服であるデールを着たウンジャだった。自分が入ってきたことなど意に介さず、もくもくとボーズを食べ続ける男の背中に見覚えがあったウンジャは、駆け足で近づいた。

「どう、似合う?」

ウンジャはデール姿を見せびらかすように言った。

「お前、こんなところで何をやっているんだ。そんなことより、これを食ったか。ボーズと言うらしい。肉の味わいが楽しめる、実に興味深い食いものだぞ」

肩を落として、ウンジャは息を吐き出した。

「アンタねぇ、もっと、生きていたのか! とか、怪我はないか? とか、そういうこと言えないものかしら。っていうか、さっさと探しに来なさいよね」

気さくにグンゾーと話をするウンジャを見て、ジンペーの瞳には闘志の炎が宿っていた。

「あ、ああ、あんた、誰っすか! またしても、本官の恋敵が!」

「見ない顔ね。アンタ、グンゾーの知り合い?」

食べかけのボーズを皿に置き、ジンペーは立ち上がってクセになっている敬礼をした。

「本官は、佐野仁平元少尉であります！　グンゾーさんの士官学校時代の後輩であり、今はショーグン様の元で、グンゾーさんのお世話をさせていただいている身であります！」

「お前に世話をされた覚えはない」

グンゾーは訂正しながらボーズを食べた。

「アタシはウンジャ。グンゾーとは、偶然朝鮮で出会って、一緒に究極の餃子を探しているの。途中で、アンタの雇い主であるショーグンとかいう男に襲われて、グンゾーとは離れればなれになっていたわけ」

ジンペーは指に付いた脂をなめながら言った。

「そういえば、ショーグン様は興味深い人間を二人見つけたと言ってたっすね。どうしてあんただけ、モンゴルの人と一緒にいるんすか？」

「アタシは人質ね」

バダルフと呼ばれたモンゴル人の大きな男は、厨房の横に置いてあった瓶を持ってきた。小さな机に、銀のコップを並べ、透明の液体を注いでいく。

「ショーグンは、オレたちの遠い親戚なんだ。満州族ではあるが、モンゴルの血も混ざっていて、昔から小麦や雑貨なんかを分けてもらっている。オレからすれば、頼りになるおじさんだ」

バダルフは注いだ液体を、客人の二人に勧めた。ジンペーが恐る恐るにおいを嗅いでみると、ツンとするアルコールのにおいが鼻腔を刺激する。

「うげっ！　これ何度あるんすか？」

ガハガハとバダルフは機嫌よく笑った。

「それはアルヒ。羊の乳を蒸留して造った酒だ。草原にやってきたら、必ず飲まなければいけない」

バダルフには、田舎にいる酒豪の親戚のような雰囲気があった。いつも顔を赤くして機嫌がよく、それでいてまるで酔っ払わずに話が止まらない。とても断れそうにない雰囲気だったので、ジンペーは飲み干した。

「かっ！」

アルコールの鋭い刺激が、喉を焼いていく。胸がかあっと熱くなり、血流が一気に激しくなる。飲み終えた後に、乳臭いにおいが鼻を抜けていったが、度数の強さで余韻を楽しんでいる暇などない。ジンペーは舌を出して、胸をひっかいていた。

バダルフも自分のアルヒを豪快に飲み干して、話を続ける。

「ショーグンは、面白い男を捕まえたと言っていた。ショーグンの包囲網をあと一歩で抜け出そうとした猛者だと。獣を扱うには、飴と鞭が大切だ。鞭として、その男と一緒にいた女を、しばらく預かってくれと言われて、ここへやってきたのがウンジャだ。はは
ぁ、その様子だとショーグンは何も教えなかったようだな」

アルヒで強烈な一撃をお見舞いされたジンペーだったが、気を取り直してバダルフをにらみつけた。

「傷つけるようなまねはしてないっすよね。グンゾーさんの友人に、もしものようなことがあれば……」

疑惑を否定したのはウンジャだった。

「バダルフたちには、とても親切にしてもらったの」

ウンジャが話している姿を見て、子供たちが近づいてきた。すっかり懐《なつ》いており、ボーズをつまみ食いしようとしている。バダルフは子供たちの頭をなでながら言った。

「ウンジャは勤勉だ。羊やヤギたちの世話を手伝ってくれるし、モンゴルの料理にも興味を持ち、炊事も担ってくれた。オレたちは大所帯だから、いつも食事は大変だ。中でも、ウンジャのボーズ作りは手際がよくて、好き嫌いの激しい子供たちも太鼓判を押していた」

ウンジャが止めようとしても、バダルフは賛美の言葉をやめなかった。

「一年前に、オレの妻が亡くなってから、悲しい気持ちがずっと追いかけてきていた。今は違う。ウンジャが、そいつを草原の彼方へ吹き飛ばしてくれたのさ」

「感謝しているのは、アタシも同じ。みんなと一緒にいるのは楽しいし、モンゴルの料理はどれも見覚えがなくて興味深い。たくさんのことを学ばせてもらっているわ」

バダルフは、グンゾーの前に立った。注いだはずのアルヒは手つかずで、三人の会話をまるで気にもとめず、ボーズをむさぼり食っている。にらまれていることに気付き、視線を上げた。

「これは、お前が作ったのか？」

グンゾーはボーズをつかんで言った。バダルフは瞬き一つしなかった。

「お母ちゃんとウンジャが作った」

にらみ合いが数秒続いたが、グンゾーはぺこりと頭を下げた。

「死ぬほど身体が冷えていたが、おかげで温まった。餃子と違って、肉のうまさで満ちていて、とてもうまかった。どうもありがとう」

怪物のような男を想像していたバダルフからすると、あまりに拍子抜けする殊勝な礼儀正しさだった。緊張が解けたバダルフは、ガハガハと笑い、アルヒの入ったコップを渡そうとした。

「そうか！　もっと食え！　ゲルにやってきた客は、腹一杯ボーズを食うのが最大の礼だからな！　お前も、飲め！」

「俺は酒が飲めないんだ」

バダルフは竹を割ったような性格であり、一度気に入ってしまうと相手に溶け込むのが上手だった。ウンジャとしては、心配していた二人の邂逅が和やかになり、一安心したところ、バダルフは突然真剣な顔をして問いかけてきた。

「グンゾー、お前はウンジャの夫なのか？」

それを聞いて、ジンペーはバッタのように飛び上がった。

「ど、どど、どうなんすか？　グンゾーさん！」

ジンペーとバダルフの二人から、熱い視線を送られていたグンゾーは、何個目かわからないボーズを口に頰張った。

「違う」

バダルフは信じていなかった。

「ウンジャの村を襲ってきた賊を返り討ちにしたそうだな。それから、朝鮮や満州を、共に旅していたみたいじゃないか。見知らぬ男女が、これだけ長い時間を共にすれば、ふつう愛しい情が芽生えるはずだ」

「何度も言わせるな」

「じゃあ、お前にとって、ウンジャは何なんだ?」

ウンジャは黙っていた。グンゾーの答えは簡潔だった。

「究極の餃子を目指す、戦友だ」

バダルフはウンジャを見ながら言った。

「オレは、ウンジャを嫁にもらいたい。これから、日本軍が去り、大陸が大騒動に巻き込まれていけば、家族はより危険にさらされる。一族の力になってくれる強さが、ウンジャにはある。お前がウンジャの夫でないのなら、オレが結婚を申し込む権利がある」

展開が二転三転して、目が回りそうな状況だったが、これはジンペーにとって好機だった。すかさず、バダルフの手を取って強く握りしめる。

「本官は、あんたを応援します! グンゾーさんは、敬虔《けいけん》な究極の餃子の求道者。恋愛にうつつを抜かしている暇はないんす! 究極の餃子は、本官が責任を持って食べておきますから、ここで幸せに暮らすといいっすよ!」

ジンペーの計略を、バダルフは素直に受け取っていた。

「おお、お前、いいやつだな！」

にらみ合っていたのが嘘のように、二人は打ち解けている。

「ウンジャ。二人もこう言っている。お前だって、ここの生活は悪くなかったはずだ。オレと草原を共に歩いてくれ」

何度となく求婚されていたが、いよいよ逃げ場のない本気のものだった。

「それとも、お前はグンゾーを愛しているのか？」

強い言葉を求められ、ウンジャは目をそらす。

「アンタには、感謝しているけど」

何度となくウンジャのためらいを見せられ、バダルフは辛抱がきかなくなっていた。今は、悩みの原因であるグンゾーが、目の前でボーズをむしゃむしゃと食っている。解決策は、一つだった。

「グンゾー、オレと相撲をしろ」

早くも、グンゾーは汁をこぼさずにボーズを食べる方法を会得しつつあった。唇を脂で光らせながら、ぽかんとバダルフを見ている。

「オレが勝ったら、ウンジャはオレの嫁だ」

乳茶を飲み、グンゾーは口の中をさっぱりとさせた。

「そんなことをする必要はない。結婚をしたければ、勝手にすればいい」

その意見に声を上げたのは、ウンジャだった。

「じゃあ、ここで旅を終えてもいいってわけ？」

グンゾーはウンジャを見た。

「それを決めるのは、お前だ。俺はまだ究極の餃子にたどり着いていない。お前は、究極の餃子を食いたいんじゃないのか？」

バダルフも、きっぱりと否定した。

「ウンジャが決められないのなら、オレたちが決着を付ければ話は早い。お前、相撲が強いようだが、士官学校にいた頃、オレより強い日本人はいなかった。お前がどういう相撲を取るのかも、オレは興味がある」

グンゾーは話に乗らなかった。

「勝てばお前の願いが叶うかもしれないが、俺が勝ったところで何の意味もない。無意味な取引だ」

あわあわしていたジンペーは、威勢を取り戻して言う。

「そ、そうっす！　本官もグンゾーさんに賛成っす！」

バダルフは手であごに触れた。

「なら、勝ったらお前の言うことを一つ聞いてやろう」

真剣な話し合いが行われていることなどつゆ知らず、親切なおばあさんがお椀を持ってきてくれた。乳茶が入っていたが、その上にボーズに似たものが浮かんでいる。それは水餃子のようでもあったが、においも、味わいもまるで異なっていた。

それを食したとき、グンゾーの答えは決まった。一気に食べ終えた空のお椀を、バダルフに突きつけていた。

「俺が勝ったら、こいつの作り方を教えてもらう」

グンゾーの声色が変わり、バダルフの肌が粟立つ。

「覚悟しろよ、日本人」

身勝手な男たちのやりとりを、ウンジャは黙って見つめていた。

第七章　抱擁

ゲルはお祭り騒ぎになっていた。子供たちは馬乳酒を舐めて眠りこけてしまい、大人たちはアルヒを何杯も酌み交わし、上機嫌に歌って踊り明かした。戦いに敗れたバダルフに悔いた様子はなく、強い力士に出会えたことを祝福した。宴会ではバダルフが優勢で、歌を歌ってはは小さなグラスにアルヒを注いで回っていた。酒が弱いグンゾーは、おとなしくボーズや羊の塩茹でを黙々と食べていたが、バダルフはそれを許してはくれなかった。

バダルフはグンゾーの健闘を讃えて何度もアルヒを飲ませ、暖炉の火が消えかけた頃には誰もがへべれけになっていた。グンゾーはふらつく足でゲルを出て、雪混じりの乾いた草原に寝転がった。気温は氷点下になっており、フェルトのコートを着ていても寒かったが、今はその冷たさが酔いを覚ました。

空には雲ひとつなく、無数の星々が輝いている。グンゾーは、深海に沈み、餃子の女神に引き寄せられた時のことを思い出した。あの時も、天にキラキラと輝くものが見えていた。

「そんなとこで寝たら凍っちゃうわよ」

話しかけてきたのは餃子の女神ではなく、ウンジャだった。身震いしながらグンゾーの横に腰掛ける。

「アンタ、どういうつもりだったの」

いきなりウンジャにそう言われても、グンゾーには思い当たる節がなかった。

「何のことだ」

「相撲よ。途中まで手抜いてたでしょ」

グンゾーは何も言わなかった。

「あれは、アタシを見て、勝負を決めたんだわ」

長期戦になったグンゾーとバダルフの取り組みは、ウンジャの、夕飯にするから早く終わらせなさいという一言であっさり決着が付いた。

グンゾーの吐いた息は、星の光を浴びて輝いていた。

「バダルフは強かった。すぐに決着を付けられる相手ではなかった」

「勝機がまったくなかったってわけじゃないでしょ」

ウンジャはグンゾーの顔をのぞき込んだ。

「アンタ、様子が変よ」

「酒をたらふく飲まされた。喉が焼けるようだ」

「前のアンタなら、バダルフを倒してボーズの作り方に飛びついていたはずよ。今のアンタには、迷いがある」

夜の草原は冷え込んでいて、空気はからからに乾き、眩《まぶ》しいくらいに星の輝きが瞳に差し込んでくる。

「ショーグンの館で、餃子づくりの達人に出会った。俺は彼女を師と仰ぎ、一から支那の餃子づくりを教わった。おそらく、今の俺はお前と別れた時とは比べものにならないくらい、上手に作れるようになったはずだ」

ウンジャは笑った。

「明日作ってよ。アンタが作ったものならみんな喜んで食べてくれるはずよ」

空に星が流れていく。

「先生の技術は、世が世なら金が取れるくらい洗練されている。俺はせめて、作った餃子を先生に食ってもらい、成果を見せることが、多少の恩返しになると思った」

「まずいって言われたの？」

グンゾーは黙って首を横に振った。

「先生には、味覚がなかった。家族を失い、そのせいで何を食べても味がしなくなってしまったらしい」

ウンジャは何も言わず、グンゾーの言葉を待った。

「究極の餃子は、食べた人間なら誰でも救える最高の食べものだ。あれを作れるようになれば、どんな人間でも幸せにしてやれる。そう思っていたが、味を感じられない人間に、究極の餃子は通用するのか？　味がしなければ、幸せは感じられないものなのか？幸せとは、味のことを示すのか？」

鼻をすすりながらグンゾーは続ける。

「味覚があるやつらだけで宴を楽しんで、味のしないやつらをのけ者にするなんて、究極の餃子にはあってはならない」

グンゾーの鼻が真っ赤になっている。それを見て、ウンジャはグンゾーの横に寝そべった。

「で、アンタはどうしたいわけ？」

「究極の餃子というものが、よくわからなくなってしまった」

ゲルの近くで、羊たちは身を寄せ合って眠っていた。ゲルの幕も、ウンジャやグンゾーが着ているモンゴル服も、羊たちの毛が欠かせなかった。遊牧民たちは、羊や馬たちの毛や乳の恩恵を受けて生きている。羊がすべて餓死し、馬が一頭も歩けなくなれば、遊牧民たちはこの広大な草原で土に還ることになる。

「夏が終わると、草原が枯れていくんだって。バダルフたちは、羊たちが食べる草を求めて、草原を移動していく。一つのところに留まらないのは、立ち止まっていたら大地は痩せこけ、やがては草が生えない死んだ場所へ変わってしまうから」

たっぷりと酒を飲んだはずだったが、ウンジャの身体は冷えてきていた。立ち上がって、お尻の周りについた土を手で払った。

「しばらく、バダルフたちと暮らしてみたら？」

グンゾーがバダルフからはじめに教わったのは、モンゴルの馬の乗り方だった。アラブ産の馬に比べて、足が短く、全体的にぽってりとした身体つきの馬は、グンゾーが一度もお目にかかったことのない種類のものだった。

早朝、モンゴルの馬に乗り、雪の間からわずかに見える草を目指して、羊たちを導いていく。遊牧民の暮らしに順応しようとするグンゾーに、バダルフは寸暇を惜しまなかった。

「グンゾー、相撲もいいが、競馬もいいぞ。羊たちを帰したら競走しよう」

競馬はバダルフに軍配が上がった。馬は激しく呼吸をしながら、日中でも氷点下になる草原を走り回った。グンゾーは、馬に乗っているだけだったのに、尋常ではない汗をかき、体が燃えるように熱くなった。

ゲルに戻る時、グンゾーと並走しながらバダルフは言った。

「元気がないみたいじゃないか」

「追いかけていたものが、見えなくなってしまった」

バダルフと馬は、息がぴったりで、加速しろと足で合図をした時、すでに馬が走り出している。バダルフの馬は、グンゾーの馬を置いていこうとした。グンゾーもすかさずそれについていく。

「オレは、ボーズを食べる時、屠《ほふ》った羊のことを考える。ボーズは、大地を包み込んだ食いものだ。雨や糞、人間や動物の死体を飲み込んだ大地から生えてきた草を、羊たちが食べる。その羊を屠って細かく刻み、生地で包み込んだものをオレたちが食べる。やがてオレたちも死んで大地に還り、別の羊が大地から生えてきた草を食べ、別の誰かがその羊を食べる。そうやって、オレたちは羊たちとつながっている。グンゾーは、羊を屠ったことはあるか？」

「いや、ない。お前たちは、羊たちと長い間旅をしているはずだ。その羊を殺すのに、抵抗はないのか？」

バダルフの馬はどんどん速度を増していった。グンゾーはそれについていくだけでも必死だったが、冷たい風が心地よかった。

「どの羊が、どの羊から生まれたのか、みんな覚えている。感謝の気持ちの方が大きい。羊の毛にも、乳にも、命にも感謝している。羊を屠った後、乳茶を作った後、酒ができた後には、天に、地に、乳を放つ。オレたちは、何かに頼らなければ生きていけない。羊に、馬に、牛に、大地に、天に、家族に、オレたちはたくさんのものに取り囲まれて、生きている。ボーズは、そういうものを、すべて優しく包み込んでくれる。ボーズが一味違うのは、そういう思いがこもっているからだ」

バダルフの口調は自然だった。自信に満ちていながら、傲慢さはなく、命を奪うことも、それを食べることも、風が吹くように軽やかだった。

「ゲルが見えてきたな」

バダルフはそう言ったが、グンゾーには地平線しか見えなかった。バダルフには数キロ先の景色が見えているようだった。

「バダルフ」

グンゾーは馬を加速させて、バダルフに追いつきながら言った。

「俺にも、屠るのを手伝わせてくれ」

バダルフは試すようにグンゾーをのぞき込んだ。

「屠るのは真剣勝負だ。羊が暴れて、骨が折れることもある。いいんだな？」

「頼む」

本格的な冬が始まる前に、遊牧民たちは羊たちを肉に変えていく。冬の草原で食べられる草の数には限度がある。羊たちが痩せこけ、肉の質も衰えていく前に、遊牧民たちは羊たちを一定数屠って肉に変える。冬の草原は天然の貯蔵庫であり、衰える前に肉にしてしまえば、自然に冷蔵保存され、腐る心配もない。

グンゾーは、遊牧民たちと共に羊を押さえるところから始めた。バダルフは包丁を羊の胸に当てて肉を裂き、手を突っ込んだ。

「心臓の近くにある動脈を千切るんだ。そうすると、血がこの辺りにたまって肉の質が保たれる」

バダルフは、すかさず皮をそぎ始める。彼らの仕事は速かった。首と手足を落として、他のモンゴル人たちに作業を代わってもらい、バダルフは次々と羊たちを屠っていく。家族総出で肉をこしらえている姿を、子供たちは真剣な表情で見つめていた。

数頭屠ったあたりで、バダルフはグンゾーに包丁を渡した。

「お前もやってみるか？」

柄には血がしみ込んでいた。グンゾーは、包丁を受け取った。

「やらせてくれ」

冬の草原の、短い昼が終わろうとしていた。羊たちとの格闘で汗をかいた男たちに代わり、女たちが地下水で包丁やまな板、お椀を洗い、夕食の準備に取り掛かっていた。大仕事を終え、どっしりとした疲労感が押し寄せてきている。生き延びた羊たちは集まって、いつものように鳴いていた。

バダルフのやり方をまねながら、グンゾーも手伝いを始めた。小麦粉に少しずつ水を加えながら、生地を練っていく。濡らしたふきんで生地の乾燥を防ぎながら寝かせている間に、解体した羊肉を持ってきた。バダルフはもも肉とあばら骨に付いた肉を丁寧にこそげ落とし、混ぜ合わせたら塩を多めに加えた。具は、それだけだった。数々の餃子のタネ作りを見てきたグンゾーには、そのシンプルな具が新鮮に見えた。

「香辛料や、野菜は入れないのか？」

バダルフは肉をリズミカルにこねていた。

「新鮮な肉に、余計な味付けはいらない。漢人があれこれ調味料を入れたがるのは、においを消さなければ食えないようなものを使っているからだ。ボーズは、羊たちが食べた大地の恵みを包んで食べる。自然に近い方がうまい」

隣の鍋では羊の肉が骨ごと茹でられていた。バダルフの母が真剣な目つきで鍋を監視している。ウンジャもバダルフを手伝って、ボーズを包んでいた。ウンジャのボーズは上のひだの部分が少し開いており、グンゾーはすかさずそれを指摘した。

「ちゃんと包まないと中身が出るぞ」

待ってましたと言わんばかりに、ウンジャは得意げに口角を上げた。

「それは餃子の作り方。ボーズは上を少しだけ開けて、蒸気の逃げ道を作ってあげるのよ。そうしないと、熱した脂で皮が破けちゃうのよね？」

バダルフは笑った。

「その通り。さすがに、二度同じ失敗はしないんだな」

「余計なことは言わなくていいのよ」

包んだボーズを、熱した集乳缶で蒸すと、そのにおいで、休んでいた男たちがぞろぞろとゲルに集まってきた。大仕事を終えた後とあって、深夜の夕飯は豪華だった。ボーズと羊の塩茹での他に、夏に乾燥させておいたチーズを戻したものや、羊の乳の油分をすくい取ったものまで様々な遊牧民の食べものが並んでいた。

グンゾーはボーズを手にとって、一口かじってみる。中からドバッと肉汁があふれ出てくるが、熱さをこらえながら勢いよくすすった。

「ハハッ、上手になったじゃないか」

バダルフが褒めてくれた。ボーズは餃子と違って、肉そのものの味を楽しむ食いものだ。ここまで肉のうまみがあふれ出てくるものを、グンゾーは食べたことがなかった。ムラっとする羊のにおいを他の香辛料で消してしまうのは、確かに野暮だった。ボーズの皮が淡泊なのは、肉のよさを最大限に引き出すためであり、皮が厚すぎては興をそぎ、薄すぎては汁があふれ出てしまう。

「なかなか上手にできているじゃない」

ウンジャがグンゾーに言った。

「これをミンにも食わせてやりたい。ついでにジンペーにも」

ジンペーは当初の目的である羊を護送して、ショーグンの館へ戻っていた。その際にジンペーは散々喚《わめ》き倒したが、最終的にグンゾーは渋々再訪を約束した。

「究極の餃子がなんなのか、アタシにはわからないけど」

ウンジャは羊の塩茹でをしゃぶりながら言った。

「アンタの今の気持ちは、とても大事なことだと思う」

そう言ったウンジャの言葉を、グンゾーは真剣な表情で受け止め、黙りこんだ。

またしても冬の草原で誰かが歌を歌い、愉快に踊って夜は深まっていった。浴びるほど酒を飲んでいたバダルフは、隅で様子を見ていたグンゾーに近づいてきた。

「どうだ、ここでの暮らしは」

バダルフは上機嫌だった。

「たくさんのことを、学ばせてもらっている。うまく、言葉にはできないが」

バダルフはお椀に入ったアルヒを、一気に飲み干した。

「お前たちは、すごい。あっという間に、西洋の仕組みを取り入れて、日本を大きな国に変えてしまった。士官学校は厳しくて、意味がわからないこともいっぱいあった。あの、腐った豆、あれには驚いた」

「納豆か」

バダルフはガハガハと笑った。

「あれだけは、最後まで食べられなかった。あと、偉そうにしている上官を殴って、返り討ちにあった。オレは、今でも間違ったとは思ってない。盗み癖のある、嫌なやつだった」

グンゾーにも似たような光景が思い出された。

「オレは日本に行ってよかった。オレが今、どんな位置にいるのか知ることができたからだ」

バダルフはグンゾーにお椀を渡し、アルヒを注いだ。向かいの寝具では、バダルフの姉と子供、ウンジャが一緒になって眠っている。

「もう飲めないぞ」

「注がせてくれ」

グンゾーは黙ってバダルフに酒を注がせた。いつもなら、たっぷりと酒を飲んですぐに寝ついてしまうバダルフが、今日は夜遅くまで草原の風を浴びた。最後は、オレを大地に返したい。

「オレは、たくさんの羊を食べて、草原の風を浴びた。最後は、オレを大地に返したい。このままジジイになるまで羊たちと広い草原を移動して、生きていきたいが、日本に行って、そう思えなくなった」

酔ったグンゾーの視界は、二重にものを映していた。

「草原の外の世界は、すごい速さで進んでいる。ショーグンのおじいさんはモンゴル人でありながら、漢人と結婚し、張一族に並ぶ軍閥になった。ショーグンは、アメリカの力を借りて、外モンゴルとは別の、モンゴル人の国を作ろうとしている。それに賛同する遊牧民たちも多い。オレたちと、漢人とでは暮らし方が違いすぎる。大地を掘って、作物を育てるなんて、考えられない。どこかで線を引いて、別の暮らしができれば、いいことなのかもしれない」

バダルフは、持っていた酒を飲み干した。

「本当は、国なんてどうだっていい。羊たちと草原で生きていくことさえできれば、誰が王様だってかまうものか」

グンゾーは少しだけ酒を飲んだ。喉が焼けるような熱さだった。

「オレたちが何を望もうと、世界は進む。このまま草原を移動していたら、やがては支那かソビエトか、あるいはどこか別の国が、草原を自分たちのものだと言ってくるだろう。今は、満州国がその流れを遮っているが、その蓋がなくなった途端、いろんなものが押し寄せてくる。そうなる前に、オレたちは、道を選ばなければならない。風のゆくまま、草原を歩くことはもうできないんだ」

バダルフは笑顔で言った。この男は、何があっても笑っていた。笑顔にはいろんな種類があることを、グンゾーは知った。

「グンゾー」

外は風が吹いていたが、ゲルの中は寒さとは無縁だった。

「オレはいろんな日本人を見てきたが、お前はダントツで変だ。お前の中に流れているものと、オレの中に流れているものは、どこか似ている気がする。お前は思うままに旅を続けろ。お前が旅をして、何かを生み出すことで、道は拓けていく」

疲れと暖かさで、グンゾーは眠ってしまっていた。バダルフの声は、夢の中でも聞こえていた。

第八章　ペリメニ

冬の草原は、時に老いた馬が凍死するほどの寒さだったが、遊牧民たちの暮らしが貧しいわけではない。フェルトを利用した幕は保温性に優れ、動物たちの糞を乾燥させた燃料で火を熾《おこ》せば、ゲルの中は寒さと無縁になる。

グンゾーはボーズの作り方や、羊の解体だけでなく、遊牧民の暮らしを一つずつ学んでいた。バダルフたちと暮らせば暮らすほど、どれだけ近代的な兵器を用いたとしても、草原での生き方を熟知している彼らに戦争で勝てる気はしなかった。

草原の寒さが少し和らいだ、ある晴れた日の朝、客人が来た。バダルフは、羊たちの放牧をグンゾーに任せ、ゲルにこもったまま昼になっても出てこなかった。話が終わった来客の男に、バダルフの母は昼食を出したが、ボーズを一個だけ食べてそそくさと馬に乗り、去ってしまった。

翌日も、男がやってきて、長い時間、バダルフと何か話を続けた。

「今日もずっとあの調子よ」

放牧から帰ってきたグンゾーに、ウンジャは声をかけた。

「何を話しているのかしら」

一つだけ確かなのは、男がやってくるたびに、バダルフの表情が曇っていくことだった。夕刻になって、バダルフは馬の世話をしていたグンゾーと、フェルトの編み物を習っていたウンジャを呼び出した。

「お前たち、ソビエトの餃子は食いたくないか?」

飛びついたのはグンゾーだった。

「やつらも餃子を食うのか?」

「ペリメニという。ボーズや餃子に似ているが、揚げたり、スープに入れたりして食べるそうだ。バターやクリームをつけて食べることもあるみたいだぞ」

「どこへ行けば食える?」

バダルフは草原を見た。

「これからやってくる客が振る舞ってくれるだろう」

グンゾーはつばを飲み込んだが、ウンジャは納得しなかった。

「ソビエトの連中がやってくるわけ?」

ウンジャはバダルフに歩み寄る。

「最近のアンタは様子がおかしい。何をしようとしているの?」

バダルフは笑おうとしたが、真剣なウンジャの問いかけをごまかすつもりにはなれなかった。

「外モンゴルの連中は、ソビエトの支援を受けてモンゴル人の独立した国を建てたんだ。あいつらは、オレたち内モンゴルにも独立した国を建てられるよう、協力してくれている」

「アタシには、協力より、強制されているようにしか見えないけど」

バダルフは乾いた笑い声を上げた。

「ウンジャ、察しがよすぎると長生きできないぞ。ドイツが連合軍に挟まれて、滅びるのは時間の問題だそうだ。イタリアが降伏し、ドイツが敗れたとなれば、列強は最後の仕上げに日本を黙らせにくる。ソビエトが満州に攻め込んでくるのも、夢物語ではなくなってくる」

ウンジャはグンゾーを見て、眉をひそめた。

「アンタたちからすれば、ソビエトが満州に攻め込んでくるのは好都合なんじゃないの？　日本軍が撤退した後のことを考えれば、今から協力者を増やしておくのは悪くないと思うけど」

バダルフは疲れたようにうなずいた。

「あいつらは、条件をつけてきた」

「条件？」

今まで黙っていたグンゾーは、静かに口を開いた。

「ショーグンの暗殺じゃないのか」

ウンジャとバダルフは、目を見合わせた。

「話を聞いていたのか？」

「モンゴル語は話せん」

グンゾーはそっけなく返事をした。戸惑うバダルフに、ウンジャは問いかける。

「どうしてショーグンを殺す必要があるの？」

バダルフは、置いてあったモンゴルの帽子を手に取った。

「今は満州国軍に協力する形を取っているが、ショーグンは元々張学良に並ぶほどの北洋軍閥で、特にオレたちのような遊牧民とのつながりがとても深い。関東軍が真っ先にショーグンを取り込んだのも、その巨大な勢力を手中に収めておきたかったからだ。ショーグンは満州国が長く続くとも思っていない。国民党では統一が難しいと考え、共産党に任せていてはソビエトの属国に成り下がると思っている。ショーグンは、東北地方に散らばった無数の民族が、それぞれの地域を持てればいいと考えている。さながら、アメリカの州のようなものだ。ショーグンは、漢人の政党とも、ソビエトとも手を結ぼうとはせず、連合国と結びついて、民族の独立を考えている」

すらすらと語られるバダルフの思想に、ウンジャは驚いていた。

「どうしてアンタがそんなことを詳しく知っているの？」

「オレたちが、ショーグンに物資を運んでいるからだ」

その言葉を聞いて、ウンジャは二の句が継げなくなった。バダルフは淡々と話を続ける。

「満州は今、日本と支那、ソビエトの三国が中心になって陣地を奪い合っているが、ここにアメリカが首を突っ込んでくると話はとてもややこしくなってくる。ソビエトが満州に攻め込む時に、ショーグンとアメリカとのつながりが緊密になっていたら、ソビエトは今後、アメリカと対決しなければならなくなる。そうなる前に、アメリカとつながりが生まれそうな要因は排除しておく必要がある。その汚れ仕事を引き受けてくれれば、内モンゴルの独立には喜んで手を貸そう。ソビエトはそう考えている」

ウンジャは、今の無理に笑おうとするバダルフの表情には胸が痛くなった。

「ショーグンの考えは、あくまで理想だ。連合国も一枚岩ではないだろうし、下手に満州に首を突っ込みたがらないだろう。ショーグンは何度もアメリカやイギリスの人間と交渉の場を設けようとしているが、向こうは積極的ではない。向こうの態度が軟化するのを待っているうちに、好機を見つけてソビエトが攻め込んでくるだろう」

バダルフは厚い胸板を膨らませて、静かに息を吐いた。

「旅は終わったんだ」

その夜、馬に乗った三人の客人がやってきた。一人はいつも訪れていたモンゴル人の男。緊張を隠そうとしているが、表情に出てしまっていて、まだ若い。一人は警備と思われる無口なモンゴル人のようで、こちらは眉一つ動かさない。もう一人は交渉役を務めるソビエトの軍人だった。会談はゲルで行われ、時間はそれほどかからなかった。

幕から出てきたバダルフは笑顔を見せていた。話がうまくいったことを知らせるように、客人がロシア流の夕飯を披露することになり、バダルフの家族も手伝い始めた。

「俺たちもやるぞ」

手持ち無沙汰だったグンゾーはウンジャに声をかけ、客人の夕飯作りに参加した。調理は無口な男が担当している。顔が青白く、表情はうつろで何を考えているのかまるで読めない。護衛にしては華奢にも見えたが、相手に不気味な印象を与えるという点では、適任だった。

無口な男は、持ち込んだボウルに小麦粉を入れ、そこに塩と卵と油を加え、水で丹念に練り始めた。生地に卵が入るのを見たことがなかったグンゾーは、興奮を隠せなくなる。男は手先が器用で、まるで自分のキッチンで調理をしているかのようにテキパキと生地をこねると、寝かせ始めた。このままでは、この男に何もかもやらせてしまいそうだったので、グンゾーは声をかけた。

「俺は何をすればいい」

通じるかどうかはわからなかったが、男は手を止めた。

「検見軍蔵」

男は静かに顔を上げ、そうつぶやいた。包丁を握ったグンゾーと、それに気付いたウンジャの間で緊張が走る。グンゾーをにらみつける、ぎろりとした男の視線。男の声は、血のようにどろりとしていた。

「藻多大佐の懐刀」

「なぜ、俺のことを知っている」

警戒心をむき出しにするグンゾーを意に介さず、男は持ち込んだ鞄の中を物色していた。

「おまえは有名人だ」

男がグンゾーに襲いかかる様子はない。

「俺を消しに来たのか」

男の材料選びは真剣だった。

「私はソメイ。今は、ソビエトの間者だ」

グンゾーが包丁を握っていることに気付き、ソメイは持ち込んだ鞄からタマネギを取り出した。

「これを細かく刻め」

グンゾーは包丁を強く握りながら、タマネギをみじん切りにしていく。ウンジャは、二人から目を離さずにいる。

「意外だ。ただの戦闘狂だと聞いていたのだが」

グンゾーのみじん切りは、ソメイのお気に召したようだった。ソメイもタマネギを刻んでいく。

ウンジャは、ソメイに指示されて、肉を細かく切っていた。ソメイたちはすべて持ち込んだ食材で料理を振る舞うつもりだった。

「私は、ノモンハンの生き残りだ」

「ノモンハン？」

大陸の地理に疎《うと》いウンジャは、ソメイに聞き返す。

「数年前、ここから北東の広い草原で、ソビエトとモンゴルの連合軍に関東軍は大敗し、私は敵陣で包囲された。幸か不幸か、私は士官学校でロシア語とモンゴル語を習っており、それに気付いたソビエトの軍人が、私を通訳として引き抜いたのだ。戦争をする上で、敵国の言葉を話せる人間がいなければ、どちらかを殲滅《せんめつ》するまで戦いは続く。以後、私はソビエトの人間になった」

包丁に付いた肉を落としながら、ウンジャは問いかける。

「アンタたちみたいな日本の軍人は、あまり見たことがないわ。軍規に忠実で、恥辱より死を選ぶ、という印象があったけれど」

刻んだ肉とタマネギを受け取ったソメイは、塩とこしょうを加えながら丹念に混ぜていく。

「兵は、上官の命令が絶対で、軍規に逆らうなど恐れ多くて考えもしないだろう。士官は、士官学校で力の抜き方や、上官との付き合い方も学んでいく。私のように語学を学べば、他の国の不道徳とされる考え方も入り込んでくる。国家にとって、兵は無知な方が扱いやすいのだ」

ソメイの過去を語る口調は、他人の話をしているようだった。的確に力を込められたソメイの手によって、具が練られていく。

「藻多大佐の作戦行動中なのか？」

グンゾーはなぜ生地をほったらかしにしておくのか気になっていたが、質問に答えた。

「俺は作戦に失敗し、大陸に流された。今は、究極の餃子を探す旅をしている」

「究極の餃子？」

ソメイは寝かせた生地の具合を確認していた。

「大陸へ流された際、俺は偶然究極の餃子を食べて、知ったのだ。世界には、一瞬で人を幸せにできる食いものがあるのだと。あれを、多くの人に食わせたいが、俺は料理の経験が浅く、究極の餃子を再現するためには知識も技術も足りない。大陸に存在する、餃子に類する様々なものを食べて、経験を積んでいる最中だ」

生地を軽くちぎって、ソメイは手のひらに載せた。具合を確認し、台に打ち粉を振った。生地を麺棒で伸ばすと、きれいな円形に広がっていく。大きく生地を伸ばすと、鞄から金属製の型抜きを取り出した。グンゾーが不思議そうに見つめていたので、ソメイは見せてやった。

「これはセルクル。本来はクッキーやケーキを作るときに使うものだが、ペリメニの皮作りにも適している」

ソメイは、皮をくりぬいていき、生地は蜂の巣のように穴が開いていく。その様子を、グンゾーは手帳に細かくメモしながらソメイに言った。

「いつか、究極の餃子を作れるようになり、世界中に広めるのが、俺の夢だ」

グンゾーは、ソメイが作った皮をつまみ上げて、丹念に観察している。

「人の噂とは、当てにならないものだ」

あらかた穴を開け終えると、ソメイは余った生地をこね直して再び広げた。

「検見軍蔵は、鎖のちぎれた獅子と聞いていたが、まさか夢という言葉を知っているとは」

「馬鹿にしているのか」

反論しながらも、グンゾーの視線がソメイの手から移ることはない。

「私や、検見軍蔵のような日本人は珍しいと君は言ったな」

ソメイはウンジャに語りかけた。

「軍隊のように、死と直結する組織の場合、規律がなければ、弱気が兵の士気を下げていく。理不尽な暴力や強制が、規律のために用いられることがあるが、それは、軍という組織が持つ欠陥の一つだ。組織の規律は、人生の規律というわけではない。私や、検見軍蔵は、組織の規律から外れて、世界の広がりを知ってしまっただけだ。一度海に流れ着いてしまった川の水は、どうあがいたって淡水には戻れない。私や検見軍蔵は、世界が海水で覆われていることを知り、海水でどう生きていかなければならないかを、模索している」

皮を作り終えたソメイは、具を皮で包み始めた。ペリメニの包み方はシンプルで、餃子のようにひだは作らない。半月型に包んだ後、最後に両端をくっつけて丸めたとき、グンゾーは声を上げた。

「マンドゥに似ているな」

「マンドゥ？」

ソメイの疑問に答えたのはウンジャだった。

「朝鮮の餃子のこと。マンドゥもこうやって、両端をくっつけて丸めるの。不思議ね、アタシはソビエトなんて行ったことないのに、こんなに似ていることがあるなんて」

「やはり、餃子は奥深い」

手帳に書き込むグンゾーは嬉々としていた。

ソメイは、ペリメニの作り方を改めて教え、グンゾーとウンジャは包み始めた。皮で具を包むことに慣れていたので、次々とペリメニが量産されていく。台に並べられていくペリメニを、モンゴル人の子供たちは不思議そうに眺めている。

「私にも、夢はある。ソビエトで、妻と子ができた。私にとっての家族が、おまえにとっては餃子なのだろう」

ソメイはつぶやいた。グンゾーはペリメニ包みに集中していて、話を聞いていなかった。

「世界は広いが、人は狭い世界を生きようとする。おまえが餃子を広めようとしても、思わぬところから足を引っ張られるだろう。ことによっては、それがおまえを死へ誘うかもしれないし、どれだけ崇高な餃子を作り上げようと、人種や国の壁が、おまえの意思をくじこうとするかもしれない」

ソメイに何を言われても、グンゾーは手を止めなかった。

「俺は、究極の餃子が誰でも作れて、簡単なものだと思っている。俺のような味の違いもわからない人間でも、その素晴らしさに気付けるのだからな」

グンゾーの作ったペリメニは、ソメイのものに比べてやや大ぶりだったが、具がはみ出すことはなく、形も均一になっていた。

「誰かの上に立つのではなく、隣で手を握ってくれるのが、究極の餃子なんだ。どこにいても、餃子が俺を救ってくれる」

ソメイは鍋で沸騰させたお湯の具合を確かめていた。お湯に塩とこしょう、バターに香草を加え、ペリメニを茹でていく。

三人で包んだペリメニがスープの中で泳いでいる。

「ソビエトの人種は多様だ。特に、アジアに近い東方は、モスクワやレニングラードから流されてきたスラブ人、モンゴルとの国境に住む遊牧民、北極海で暮らしていた民族もいて、混沌を極める。飲んできた水も、見てきた景色も異なるソビエト軍の連中が、もっとうまい食事を出せと文句を言いながらも、残さずに食っていたのが妻から習った私のペリメニだ」

茹であがったペリメニをすくい上げ、皿に移すとソメイはサワークリームをたっぷりとのせた。ペリメニの熱で、サワークリームがとろりと溶けていく。

「この白いものは何だ？」

官能的に溶けるクリームを見て、グンゾーはわくわくしていた。

「スメタナという、乳から取り出した脂肪を発酵させたクリームだ。ソビエトの人間は、これに目がない」

乳を餃子に利用するあたり、ソビエトとモンゴルには共通点がある。ソメイは盛り付けた皿を子供たちに持たせた。

「私やおまえが選んだのは、いばらの道だ。貪欲に、この味を盗んでいけ」

グンゾーは、サワークリームの溶けたペリメニを食べてみた。たくさんのタマネギと複数の肉が混ざっていることで、肉汁とは異なる風味が広がっていく。サワークリームのさわやかさが、肉の風味を引き立てている。

ソメイは減っていくペリメニを見ながら言った。

「肉や野菜でとったブイヨンというだしを加えて煮ると、もっとうまくなる。今日はあくまで即席だ。本当のペリメニは、こんなものではない」

酒も入ると交渉役の男やバダルフだけでなく、ウンジャやバダルフの母も歌って踊り、グンゾーも付き合わされた。ソメイはペリメニを試食するだけで、あとは何も口にせず、黙って小さな宴《うたげ》を見守っていた。

子供たちが眠り、それに付き添うように女衆も床につくとお開きとなり、ソビエトの軍人たちはテキパキと帰りの支度を終えた。別れ際、ソメイはグンゾーに言った。

「おまえたちと会うのも、これが最後だろう」

グンゾーは丁寧に頭を下げた。

「あんたが誰であろうと、俺にとってはペリメニを食わせてくれた餃子の師匠だ。あんたのペリメニ、とてもうまかった。作ってくれて、どうもありがとう」

ソメイは襟巻きを口元まで引っ張り上げた。

「獣でも、礼は言えるのか」

礼をするグンゾーを見て、ウンジャはソメイに言った。

「餃子に関しては、誠意ある男なのよ、こいつ」

ソビエトの軍人が車に視線を移した一瞬、ソメイはウンジャに近づいて耳元でささやいた。

「じきに、満州は戦火に包まれる。何が何でも、生き延びろ」

聞き返そうとしたとき、ソメイはもう運転席に座っていた。車は地平線に向かって進み、静けさだけが残された。車をずっと目で追っていたバダルフは、自分に言い聞かせるように言った。

「さあ、始めるか」

空に雲はない。朝が、近づこうとしていた。

第九章　土煙

夜明けの草原に、土煙が舞っていた。激しく息を吐きながら進む騎馬の群れ。数にしておよそ三十。バダルフを乗せた馬を先頭に、よれることなく進んでいる。空は薄紫色に染まり、冷たい風が吹き付けてきた。

馬群の後方で、馬にまたがっていたウンジャは、出発前のやりとりを思い出していた。

「アンタはどうするつもりなの？」

馬具の準備をするグンゾーに、ウンジャは問いかけた。自分たちの旅の目的は、究極の餃子を探すことであり、戦争に参加することではない。何も言わずに、馬にハミをかませるグンゾーに、ウンジャはそろそろ考えが聞きたかった。

「ショーグンの家には、アンタの先生がいるんでしょう？　それでいいの？」

グンゾーは、ウンジャが乗る馬にもハミをかませた。馬たちは人間のぴりぴりした雰囲気を感じたのか、首を激しく上げ下げしている。グンゾーは馬の額を優しくなでて、落ち着かせた。

「俺がやることは変わらない」

そのときのグンゾーの、唇を真一文字に結んだ表情が、ウンジャの脳裏に焼き付いていた。

突如として、バダルフは大きな声を上げ、右手を挙げた。速度を落とし、騎馬たちは静止していく。隊列を指示し、戦闘の準備を整え始める。背負った突撃銃に弾を込め、兵たちは前方に目をやった。

土煙が見えた。兵たちは煙の方角に向かって、銃口を向ける。近づいてきたのは一台の車だった。エンジンの音をかき消すように、運転手は大きな声で何かをこちらに呼びかけていた。バダルフはまだ銃を撃たないよう、慎重に言い聞かせる。

「グンゾォォォォォさぁぁぁぁん！」

運転席から身を乗り出して、大きく手を振っていたのはジンペーだった。グンゾーは手綱を引いて前に出た。ジンペーはブレーキを踏んで車を止め、大股で走ってきた。

「よかった！　ここで会えるなんて、やっぱり本官たちは運命の糸で結ばれているんすね！」

安堵の表情を浮かべるジンペーに、グンゾーは馬から下りて問いかける。

「何があった」

途切れ途切れの息を整えながら、ジンペーは大きな声で言った。

「ショーグン様の館が、関東軍の襲撃を受けているんす！」

その言葉を聞いて、日本語がわかるモンゴル兵たちが驚きの声を上げた。興奮した馬たちが竿立ちになろうとする。ジンペーは頭から白い湯気を上げながら、状況を話し始める。

「夜明け前、関東軍の部隊が押し寄せてきて、ショーグン様に共産党と内通の疑いがあるという理由で、出頭を命じてきたんす。ショーグン様は拒否し、番兵と部隊との間で、戦闘へ発展してしまいました。援軍がやってきて、館が持ちこたえるのは厳しい状況っす。本官は、バダルフとグンゾーさんたちに一報を伝えるよう命を受け、駆けつけたんす！」

呼吸が整ってきたジンペーは、改めてグンゾーやモンゴルの兵たちを見た。みな銃を構えていて、馬具も戦闘用のものが取り付けられている。汗を腕で拭って、ジンペーはバダルフを見た。

「みなさんも、ショーグン様の危機を知って駆けつけたんすか？」

「いや」

グンゾーは振り返って、武装するモンゴル兵たちを見た。

「俺たちは、ショーグンの館を襲撃しに行く途中だ」

「なんですって？」

ジンペーは両手を広げて叫び声を上げた。バダルフのほかにもモンゴル兵には顔なじみが何人もいる。戸惑うジンペーをよそに、グンゾーは口を開く。

「バダルフたちは、ソビエトと組む道を選んだ。やつらは、手を貸す条件に、ショーグンの排除を要求してきた。ショーグンを打倒した後、関東軍も掃討。バダルフたちは親ソビエトの臨時政府を樹立し、東北地方の安定を図る。それが、ここにいる理由だ」

ジンペーは、モンゴル兵たちを見た。羊を受け取ったり、ボーズをごちそうしてもらったり、子供たちと遊んだ記憶が、ジンペーの中によみがえってくる。

「本当に、このままショーグン様の館を襲撃に行くつもりっすか」

バダルフたちは何も言わなかった。風が、土煙を舞い上げた。

「ショーグン様は、本官の命を救ってくださった恩人っす。窮地に立たれたショーグン様を、本官は見捨てるわけにはいかないっす。たとえグンゾーさんと究極の餃子を探す夢があるからといって、本官は、人として大切なものを捨てたくありません」

ジンペーは背負っていた銃を構えて、モンゴル兵たちに向けた。その仕草を見て、バダルフたちも銃口をジンペーに突きつける。その間に立たされたグンゾーに向かって、ジンペーは問いかけた。

「グンゾーさんは、どうなさるおつもりっすか」

緊張した空気に、グンゾーの馬はおびえていた。グンゾーは、首を振る馬の鼻にそっと触れた。

「俺は、もう一度先生に餃子を食ってほしい。やるべきことはお前と同じだ、ジンペー」

グンゾーは片手を上げた。

「もういいんじゃないのか。誰も盗み聞きなどしていないはずだぞ、バダルフ」

バダルフは騎乗したまま、兵たちを見た。右手で銃を掲げ、モンゴル語で何かを叫んだ。その言葉が放たれた瞬間、兵たちが腹の底から興奮する声を上げた。それに併せて馬たちも竿立ちになろうとする。なぜ突然盛り上がったのかさっぱり理解できず、ウンジャはバダルフに尋ねた。

「なんて言ったの？」

バダルフは、歯を見せて笑った。

「敵襲あり、ショーグンを救出せよ！」

ジンペーの銃口は地面を向いていた。バダルフは手綱を引っ張って、暴れる馬を落ち着かせる。

「国家は理想を求めた人の集まりだ。理想に納得しなければ、国家は形にならない。オレたちが今、同じ草原の血を引くショーグンを討ったとして、そんな卑怯なヤツを誰が支持する？　オレは、グンゾーやジンペーと同じく、筋を通したい。筋を通すという言葉は、オレの好きな日本語だ」

バダルフの心からの笑みを見るのは久しぶりだったが、ウンジャは笑えなかった。

「それじゃあアンタは……」

グンゾーはウンジャの言葉を遮った。

「俺たちは、俺たちのやるべきことをやるぞ」

馬上から、バダルフがグンゾーとウンジャに話しかけてくる。

「お前たちに頼みがある」

「なんだ」

「ショーグンとミンを連れて、逃げてほしい。真のモンゴルの独立を叶えるためには、ショーグンの力が必要だ」

「確約はできないが」

腰の鞄に入れた弾薬を確認しながら、グンゾーはバダルフを見た。

「最善は尽くす」

「ありがとう」

その言葉を残し、バダルフは馬群を率いて東へ進んでいった。

「本官たちは別の道から向かいましょう！」

ジンペーの車に続いて、グンゾーとウンジャは馬を走らせた。グンゾーの馬に、ウンジャを乗せた馬が近づいてくる。

「アンタ、こうなることを知っていたの？」

手綱を握りながら、グンゾーは首を横に振った。

「風向きが変わっただけだ」


ショーグンの館の見張り台から煙が上がり、銃声や爆発音が聞こえてくる。悲鳴や怒号も重なり、焦げ臭いにおいが立ちこめている。車から降りたジンペーは、装備を整えて二人に裏門を指さした。

「庭園から回っていきましょう！」

裏門の外壁近くには、番兵と関東軍の死体が転がっていた。辺りには折れた銃剣やちぎれた帽子が散らばっている。先導するジンペーは、壁に張り付いて館の中をうかがう。煙が濃く、視界が悪い。

館の中は四方から銃弾が飛び交い、敵味方の判別がつかなくなっている。ジンペーは館には入らず、外壁に沿って進んだ。

鉄柵の門には、何重にも錠がかけられている。ジンペーは鞄から鍵束を取り出し、南京錠を一つずつ解いていった。

「ここは本官に任せてショーグン様とミンを連れてきてくださいっす」

「こいつを頼む」

グンゾーはウンジャをジンペーに託し、裏門から館に入っていった。支柱を楯にして、廊下を駆けていく。途中、使用人の女たちが隅でおびえたようにうずくまっていた。階段の近くに、関東軍の兵士の姿が見える。二階への道を封鎖しており、数も多く強引に突破するには分が悪かった。グンゾーは隙を突いて、地下への階段を進んでいった。

地下牢は囚人たちが鉄格子に張り付いて叫び声を上げていた。グンゾーが足を止めたのは、九鬼軍曹の牢屋の前だった。

「おっ、あんたいいところに来た！」

格子越しに声をかけてきたのは六浦上等兵だった。三条上等兵とポーカーに興じていたらしく、トランプが散らばっている。

「上で何が起きてるんだ？　まあ、なんだっていいや。そんなことより、同じ日本人なんだ、これも何かの縁だと思って出してくんねえかな」

観念したように牢屋の奥であぐらをかいていた九鬼軍曹は、腕を組んだままグンゾーをにらみつけた。

「何をしに来た、検見軍蔵」

グンゾーは鉄格子の錠前に銃を突きつけた。間髪容れずに弾丸が撃ち込まれ、獣のように叫んでいた囚人たちの声が静まりかえる。錠前はひしゃげて、グンゾーが力一杯引っ張ると格子が開いた。

「おおっ！　やっぱりお前、いいやつじゃないか！」

六浦上等兵はグンゾーに握手をしようとするが、銃を向けられた。

「道を開ける協力をしろ」

両手を挙げながら、六浦上等兵はすぐにうなずいた。部屋の隅にいた三条上等兵も亡霊のように近づいてくる。

「危険な場所なら、僕は喜んで協力するよ。何をすればいいんだい」

二人の同意は得られたが、九鬼軍曹は微動だにしなかった。グンゾーは九鬼軍曹に一歩だけ近づいて、銃を向ける。

「あんたはどうする」

「貴様の指図など受けぬ」

頑固な九鬼軍曹に、六浦上等兵は慌て始める。

「軍曹殿、ここは嘘でもいいから協力しましょうよ！　このままここにいたって犬死にするだけですよ」

「犬死に……なんていい響きなんだ」

恍惚の表情を浮かべる三条上等兵を無視して、グンゾーは淡々と言った。

「関東軍がこの館の主を消そうとしている。俺はショーグンに世話になった。殺させるわけにはいかない」

「同胞を討てというのか」

九鬼軍曹の視線は鋭かった。

「平気で謀殺を繰り返すような連中を同胞と呼べるのならな」

「貴様、支那に寝返ったのか」

グンゾーは首を横に振った。

「恩を受けたから、返そうとしているだけだ。あんたたちだって、ここにいたからこそ生き延びている。あんたたちにも、借りはある」

グンゾーは、道中で拾ってきた突撃銃を九鬼軍曹の前に投げた。

「俺は、自分が信じるものに恥ずかしくない生き方をする」

六浦上等兵と三条上等兵にも銃を渡し、グンゾーは一階へ戻っていった。相変わらず二階への階段には、関東軍が目を光らせており、敵の数が増えていた。指示を出そうと振り返った瞬間、三条上等兵は目を血走らせて突撃していった。

「標的はここにいるぞぉ！　さっさと当てて僕を地獄へ連れて行ってくれよお！　アハハハハ！」

狂気の声を上げながら、三条上等兵は襲撃者たちを的確に狙撃していった。その後ろから、慌てて六浦上等兵がついていく。

「バカっ、勢いよく突っ込むな！　どこに敵が隠れてるかわからないんだぞ！」

「さあ、はやく僕を殺してくれよお！」

二階は関東軍と番兵の死体の数が増えていて、銃声もあちこちから聞こえてきた。ショーグンの部屋の前で、関東軍は苦戦を強いられていた。扉を壊そうにも歯が立たず、次々と番兵たちが襲いかかってくる。三条上等兵は、舌なめずりをしていた。

「なんて狂おしい戦いぶりなんだ！」

銃を乱射しながら突っ込もうとした三条上等兵の頭を、銃床で思い切り殴ったのは九鬼軍曹だった。

「バカもん！ 不用意に飛び込むなとあれほど言っただろうが！」

敵の数が多かったので、三条上等兵は落ちていた手榴弾を拾い上げて、ショーグンの部屋の方角に投げ込もうとした。またしても九鬼軍曹の鉄拳が飛んでくる。

「何をするんですかあ、軍曹殿お」

「部屋の人間まで吹き飛ばすつもりか、貴様は！」

九鬼軍曹は地面に伏せて、部屋に迫ろうとする兵たちを撃っていった。射撃は的確で、一発ずつ敵兵が沈んでいく。狙撃に集中しながら、九鬼軍曹は言った。

「一分で話をつけてこい！ それを過ぎたら私は部隊へ戻る！」

グンゾーはショーグンの部屋の扉に張り付いた。見知ったグンゾーが現れて、扉を守っていた番兵たちが声をかけてくる。

「俺だ！ バダルフたちを連れてきた！ 鍵を開けてくれ！」

鍵穴ががちゃがちゃと音を立てた。解除されると、滑り込むようにグンゾーは部屋に入った。

部屋には負傷した番兵が一人と、それを介抱する兵がもう一人。部屋付きの家政婦は胸に手を当てて立ち尽くし、そのそばに青白い顔のミンが付き添っていた。ショーグンは普段と変わらない様子で、書斎の椅子に腰をかけている。

「うまいボーズは食えたかな、グンゾー」

引き出しからパイプを取り出し、たばこを詰めてマッチで丁寧に火をつける。外の黒煙とは異なる紫煙が、ぷかぷかと部屋に浮かぶ。

「ああ」

グンゾーは、素直に返事をした。

「虎が鹿を追いかけ、象が木の枝に鼻を伸ばす。ラクダが回教徒を乗せて砂漠を進み、木の上で猿が果実をかじる。ヤギが草を食《は》み、羊が群れで荒野を進む。空には鳥が舞い、海を目指して魚が川を泳いでいく。地上には、たくさんの獣がいる。人にしてもそうだ。キミのような日本人もいれば、朝鮮人がいて、漢族がいて、満州族がいて、モンゴル人やシベリアの民族もいる」

手榴弾の爆発する音が聞こえた。ショーグンは、窓に向けていた視線をグンゾーに移した。

「我輩の夢は、地上の獣たちをカラフルなまま未来へ伝えることだ。そのために、大きな方舟を用意したのだが」

突然ショーグンはパイプを投げ捨て、机に置いてあったショットガンを手に取り、ガラス越しに窓の外に向かって銃弾を放った。ガラスが割れ、家政婦が悲鳴を上げる。階下からも叫び声が聞こえ、銃弾が部屋に飛び込んできた。

「人は、他者を自分の色に塗り替えようとするのが好きらしい。塗りたくることと、混じり合うことは、まるで違う」

グンゾーは扉を指さした。

「ここは陥落する。バダルフと共に西へ向かうぞ」

ショーグンは、気まぐれにショットガンを外に向かってぶっ放した。それを見て、介抱していた番兵も参戦する。ショーグンは、何気ない調子で言った。

「ミン、キミはグンゾーと共に行け」

眠っていたように動かなかったミンは、その言葉を受けてショーグンに近づこうとした。

「来るな!」

ショーグンの感情の起伏の激しさに慣れていたミンでも、身体が震えてしまった。

「究極の餃子を求めるグンゾーの旅。キミならきっと力になれる」

ショットガンを投げ捨てて、ショーグンはミンに近づいた。震えるミンの肩に、そっと手を置く。

「グンゾーが、キミの人生をカラフルにしてくれる。我輩の身体をここまで大きくしてくれたキミの蒸餃子に、深く感謝しているよ」

ミンは、小さく何度も首を横に振った。

「検見軍蔵！　援軍が来たぞ！　さっさとしろ！」

扉の向こうから、九鬼軍曹の叫びが聞こえ、扉に銃弾が突き刺さってくる。グンゾーは、ミンの手を取った。

「先生、行こう」

顔色が悪いミンは、グンゾーの手を振りほどこうとする。手が離れないよう、グンゾーは少しだけ力を入れる。

「俺には、先生が必要だ」

爆音で、館が揺れた。扉の向こうから、九鬼軍曹たちの叫び声が聞こえてくる。

「中に入れてやれ」

ショーグンに言われて、グンゾーは九鬼軍曹たちを部屋の中に入れた。番兵が勲章や銃が飾られた棚をどかすと、らせん階段が現れた。

「ここから一階へ向かえ。厨房の倉庫につながっている」

九鬼軍曹たちはさっさと階段を下り、グンゾーもミンの手を引いて下へ向かおうとした。ミンは足に根が生えたように動こうとはしない。

扉への銃撃が激しくなってきた。もう一度、グンゾーがミンの手を引くと、諦めたようについてきた。らせん階段を下っていった。

何度となく寝泊まりした厨房の倉庫を抜け、一階の廊下に出た。番兵たちは援軍と激しい銃撃戦を繰り広げている。裏門が見えた瞬間、視界がぱっと開けた。風が、黒煙を空へ舞い上げる。そのとき、背後から叫び声が聞こえた。

「軍曹殿お！」

しんがりを務めていた九鬼軍曹が、左の腿《もも》を押さえてうずくまっている。六浦上等兵が近づき、肩を貸す。

「あと少しで出口です！　踏ん張ってください！」

九鬼軍曹の負傷を見て、三条上等兵は涙を浮かべていた。

「ずるいですよ、軍曹殿！　僕より先に怪我するなんて！　絶対に死なせませんからね！　僕が一番乗りに死んでやるんだから！」

そう言って身体を支えようとする三条上等兵の頭を、九鬼軍曹は歯を食いしばりながら思いきり殴った。

「さっさとここを抜け出すぞ！　足を止めるな！」

裏門を抜け出した先でグンゾーが見たのは、草原を走り去っていく虎や象の姿だった。

グンゾーたちが現れたことに気付いて、ジンペーとウンジャが走ってきた。

「グンゾーさん！　無事でよかった！」

「あれはなんだ？」

草原を走り回る動物たちを見て、グンゾーはつぶやいた。

「動物たちを逃がすよう、ショーグン様に言われていたんす。目くらましのようになってしまい、心が痛みますが、無事に生き延びてほしいっす」

グンゾーたちに気付いた関東軍の援軍が、銃口を向けてきた。銃声が鳴り、近くの地面に着弾する。

「車まで走ってください！　あと少しっす！」

グンゾーはウンジャにミンを託し、先に車へ走らせた。九鬼軍曹に肩を貸す六浦上等兵と三条上等兵も、車の荷台へ向かっていく。敵の数は増え、増援を乗せた車も近づいてきていた。ジンペーは手榴弾を投げ込み、爆煙を起こすが、援軍は視界不良をものともせず弾を撃ち込んでくる。

壁になっていた建材が吹き飛ばされた。二人は後退するほかない。ジンペーをかばうように、グンゾーが銃を援軍に向けると、声が聞こえてきた。

「生きていたか！」

銃を構えたバダルフとモンゴル兵たちが、関東軍に向かって攻撃を加えていた。バダルフは、車の荷台にいるミンとウンジャの姿を見た。

「ショーグンはどうした？」

銃を撃ちながら、グンゾーは答える。

「最後まで戦うそうだ」

それを聞いて、バダルフは二人の前に進んだ。

「お前たちは東へ逃げろ。開拓団の村がある。そこでほとぼりが冷めるのを待て」

「西の草原で合流するんじゃないんすか？」

ジンペーの問いかけに、バダルフは首を縦に振らなかった。

「草原は身を隠すのに不向きだ。これ以上、おまえたちを戦いに巻き込むわけにはいかない」

援軍は大量に手榴弾を投げ込んでくる。爆撃を食らったかのように、地面が揺れる。煙で視界が塞がれる中、バダルフは言った。

「究極の餃子、見つけろよ」

「ああ」

バダルフはモンゴル兵たちに声をかけ、館に突入するよう命じた。声を上げて、モンゴル兵たちはショーグンの援護へ向かう。敵兵がそちらに気を取られている間に、ジンペーは運転席に乗り込み、グンゾーは荷台に飛び込んだ。六浦上等兵と三条上等兵が荷台の上から銃を構えて、目を光らせている。

ウンジャがグンゾーの腕をつかんだ。視線の先には、バダルフの姿があった。バダルフはウンジャを見ると、にこりと笑って白い歯を見せた。声をかけようとしたとき、車が動き出した。バダルフは背を向けて館に走っていき、車は離れていく。

「しゃがんでいろ」

グンゾーはウンジャとミンにそう告げたが、二人は燃えゆく館から目を離さなかった。はねるように進む車は、ショーグンの館を地平線の向こうへと遠ざけていくのであった。

第十章　キャベツの酸

青い高粱《コーリヤン》の葉が、風に揺れていた。麦わら帽子をかぶったグンゾーは、高粱畑を横切って、キャベツ畑に入っていく。キャベツは青々とした葉を広げながら、ぎっしりと整列している。

戦争が始まってから、見たこともないほどの豊作だった。麦わら帽子をかぶったウンジャが、キャベツの根を包丁で切り、かごに収穫していく。

空は青く、遮蔽物がない平原は日差しが厳しい。夜になれば相変わらず凍えるような寒さだったが、本格的な冬は、過ぎ去ろうとしている。

頭に手ぬぐいを巻いた農婦たちと一緒に、キャベツを刈り取り、ジンペーが引いてきた牛車の荷台へ載せていく。反対側の畑では、六浦上等兵と三条上等兵も収穫に勤《いそ》しんでいる。荷台から白髪を短く刈り込んだ小柄な老人が降りてきて、みんなに呼びかけた。

「おーい、メシにすんべえ」

グンゾーたちは額の汗を拭って、牛車と共に畑を後にした。交わされる言葉は日本語だけではなく、支那の言葉や朝鮮語が混じっていた。

昼食はキャベツのスープだった。具はキャベツのほかにジャガイモが入っている。味付けは塩だけの質素なものだったが、労働を終えたグンゾーの身体にじんと染み渡っていく。

掘っ立て小屋のような心許《こころもと》ない家屋に、十人近い農民が腰を下ろして、木のお椀に入れられたスープを飲んでいる。グンゾーは早々と食事を終え、鍋の当番をしていた丈那人の農婦にスープを注いでもらい、それを持って掘っ立て小屋を出た。

集落には、小屋が数軒並んでいた。周辺は原野が広がっていて、ほかに人工物は見当たらない。街から建物をちぎってきて、貼り付けたようなところだった。

ひさしの破れたぼろ屋に入り、奥の寝室に近づいた。粗末な布団で、ミンが静かに眠っている。寝返りを打った様子はなく、寝息も聞こえてこない。枕元に座り、外で牛がモーと鳴く。集落の広場に、鳥がやってきて何かをついばんだ。掘っ立て小屋から談笑する声が聞こえてくる。

気配を察知したミンは、まぶたを開き、首を回してグンゾーを見た。

「腹、減ってないか」

グンゾーの問いかけに、ミンは首を小さく動かした。顔色が優れず、頬に影ができている。

「少しでもいいから口にしろ」

ミンはいらないと言ったが、グンゾーはスプーンでスープをすくった。ミンは諦めたように、スープを口に運ぶ。

二口ほど飲み、ミンはまた眠ってしまった。お椀を両手で持ち、グンゾーはしばらくその場にたたずんでいた。ドタドタとした足音が近づいてきて、部屋の扉が乱暴に開けられた。

「こりゃ！　みんな畑に戻ったぞ。おみゃも、とっとと行け」

小柄な老人は、きびきびとした足取りでグンゾーに近づく。老人は二人の間に割って入り、ミンの顔をぐるりと見回す。

「少しは食ったんか」

「ああ」

老人は歯の抜けた口を見せ、グンゾーの背中を思いっきり叩いた。

「ならええ！」

お椀を机に置き、グンゾーは床に膝をついて頭を下げた。

「団長、感謝する」

団長と呼ばれた老人は、グンゾーの両肩に触れ、無理矢理身体を起こそうとする。

「やめい」

「もう少しだけとどまる時間をくれ」

団長は食べ残されたお椀を手に取り、一気に飲み干してしまった。身体は小さかったが、朝から晩まで外で働き続ける肉体は、常に栄養を欲している。

「ここは、年寄りだけじゃ、こんな広い畑、世話しきれん。おみゃらみたいな若い連中がきたら、使わん手はないじゃろて。わしゃ、ゴーリテキな人間じゃてな」

ほひほひと笑った後、団長は長いゲップをした。

「満州の開拓村では、匪賊《ひぞく》に手を焼いていると聞いたことがあるが、ここは驚くくらいのどかだ」

「当たり前じゃあ。ここに匪賊なんておるもんか。みんな、ここで暮らしてるからの」

団長は広場でじゃれついている子供たちを見ていた。

「わしゃ、てっきり国がきちんと土地を買い取っちょるかと思ったら、元々住んでた支那人がひどく怒っちょった。かなり、いい加減に買い取ったことなんざ、わしらは全然知らんかった。無理もねえ、先祖からの土地を勝手に切り売りされたら誰だって腹が立つ。わしがはじめにやってきた開拓村は、そのせいでしょっちゅう畑が荒らされて、家を壊されて、手に負えんかった」

団長はズボンから嚙みたばこを取り出し、くちゃくちゃとたしなみ始めた。

「支那の土地では何が育って、いつ雨が降って、どこに水源があって、どんな獣が住んでいて、どこから風が吹くのか。それらをみんな知っちょるのは、ここにずっと住んどった支那人じゃあ。わしゃ、やつらにここで何を育てていたのかを教わり、住んでもらっただけじゃ。大事なのは、食いものを育てることであって、支那人だからとバカにしたって何も賢くはならん」

嚙みたばこの汁を、団長は器用に痰壺へ吐き出した。

「わしの考え方は、開拓団に合わんかった。わしゃ開墾するために、いろんな支那人や朝鮮人から話を聞いたのに、あろうことか売国奴などと言って村八分にする始末じゃ。わしらは、何もないまま満州に来たんじゃ。みんな田舎の四男や五男坊で、ようやく自分が舵をとれるとわかって張り切るのはええが、畑はがむしゃらさだけじゃどうにもならん」

ぶつぶつと文句は言っていたものの、団長は机に脚をのっけて座り、あまり深刻には考えていない様子だった。

団長はまじまじとグンゾーの顔をのぞいてきた。

「おみゃは軍人さんじゃろ？　あの怪我しとった軍曹さんや、のっぽとちびの兵隊さんと一緒に、何しちょる？」

「あいつらは、たまたま一緒に逃げてきただけだ。俺は、究極の餃子を探している」

「あの、支那人が食っちょる、煮たお焼きみたいなやつか？」

くちゃくちゃという団長のたばこをかむ音が聞こえる。

「大陸にやってきて、俺は餃子のうまさを知った。いつか誰もがうまいと満足する餃子を生みだし、広めたいと考えている」

グンゾーは眠るミンを見た。

「彼女は、俺に餃子の基礎を叩き込んでくれた先生だが、味覚を失っている。どれだけ味のいい餃子を作れたとしても、彼女が満足できなければ、究極とは呼べない」

外から団長を呼ぶ声がした。団長はああああい、と腹の奥から声を出した。団長は噛みたばこをぺっと吐き出す。

「考えてわからんときは、手を動かすしかねえ」

グンゾーはまたしても頭を下げる。

「団長、俺にここで餃子を作らせてくれないか」

団長は麦わら帽子をかぶり、ひもを顎の下で結んだ。

「俺は他人の意見が聞きたい。ここには材料も、食べてくれる人にも恵まれている。俺を、もっと揺さぶってはくれないだろうか」

「うみゃあもん、作っちょくれよ」

がに股で団長は畑へ向かっていった。

グンゾーたちに与えられた集落の小屋は、質素だった。調理場はかまどこそあるものの、水は定期的に汲《く》みに行かなければならず、鍋や包丁は支那人たちが捨てていったものを再利用していた。

調理器具から調味料、食材に至るまで万全の用意がされていたショーグンの館は焼け落ち、羊を解体し、乳のにおいで包まれていたゲルは草原の向こうへ消えた。他の開拓村から追い出された人々の集落は、機能性とはほど遠い。

限られた環境にいると、本当に必要なものが見えてくる。一心不乱にキャベツを刻み、塩漬けされた肉と一緒に混ぜているとき、グンゾーの表情には珍しく笑みが浮かんでいた。

グンゾーがはじめて提供した餃子は、とてもシンプルなものだった。具材はキャベツと肉に調味料を少々。丹念に練って作った皮に具を包み、熱した鍋に並べてこんがりと焼き上げた。タレに醬油と、支那の黒酢を混ぜたものを用意し、集落の広場に集まってもらった。

一同が食事をする間、グンゾーは一口も餃子を食べなかった。食事が終わってから、ウンジャに感想を聞いてもらった。村人から、また食べたいという言葉は聞けなかった。

グンゾーは、黙々と食器を洗い、近づいてきたウンジャも手伝い始める。グンゾーが積み上げていく洗った皿を、ウンジャは乾いた布で拭いていった。

「今ならいけるって、思っていたんじゃない？」

グンゾーは正直にうなずいた。

「出来は決して悪くなかった」

「ここじゃ新鮮な肉は手に入らないし、調理場だって整っていない。人種も様々で、好みも違う。全員を納得させることなんて、できないわよ」

「俺は上手にできたと思ったが、食べたやつらは満足しなかった。誰一人として。この差を埋められない限り、究極の餃子にはたどり着けない」

ウンジャは落ち着かせるようにグンゾーを見る。

「アンタ、もっと周りを見た方がいいわよ。みんないい顔をしていたわ。広場で食事をするなんてお祭りみたいだ、って言って子供たちもはしゃいでいたんだから」

「味で満足させることはできなかった」

ウンジャはきっぱりと首を横に振った。

「同じものを食べていても、誰かと一緒に食べていた方がおいしく感じるのって、不思議だと思わない？　食べたものに違いはないのに。食事をする場というのは、無視できない大事なことよ。アンタはいつだってへんてこで楽しい場を提供してきたことには、自信を持つべきだわ」

ミンから言われた言葉が頭をよぎる。おためごかしを言わないミンからの評価。ミンのうれしいという言葉の意味を、グンゾーは考え続けた。

グンゾーの実験は多岐に及んだ。マンドゥから着想を得た激辛餃子を披露しては、朝鮮人以外の村民から苦情が出て、近くの村から譲ってもらった羊肉を用いた巨大餃子は支那人たちからの評価は得たものの、日本人たちからは不評だった。

あまたの餃子に触れ、究極の餃子に近づけたかと思い、時間にも食材にも恵まれた今、何を作ったらいいのかがわからなくなっている。究極とは何か、万人に愛される味とは何か。

グンゾーにしては珍しく、理屈が先行して身動きが取れなくなっていると、倉の整理を手伝っていたジンペーと六浦上等兵たちの悲鳴が聞こえた。

「うわあ、こりゃダメっぽいっすねえ」

古びた壺を村人たちと囲みながら、ジンペーは眉をひそめていた。そんな中、壺に近づこうとする三条上等兵を、六浦上等兵が必死に押さえ込んでいる。

「止めないでよ！　これは滅多にない幸運なんだから！」

「バカ、よせって！　腹壊すに決まってる！」

「僕は腹を破壊したいんだって！」

二人のやりとりをよそに、グンゾーはジンペーに問いかけた。

「どうした」

「今、貯蔵庫の整理をしていたんすよ。そうしたらこれが見つかって」

古びた壺の周りにはカビがびっしりと生えていて、酸っぱいにおいが漂っている。

「奥に漬物用の倉があるんすけど、これだけいつ漬けたのか誰も覚えてないらしくて。すごいにおいでしょう？　今、誰が捨てに行くか決めようとしていたところなんすよ」

それを聞いて、グンゾーは躊躇なく蓋を開けた。二人から悲鳴が上がる。壺の中は灰色の水がたまっていて、強い酸味が香ってくる。

グンゾーは、上澄み液を捨ててから、袖をめくって壺の中に腕を突っ込み、中から漬物を取りだした。中身は黄色く変色したキャベツだった。アンフェンとチョンホイの記憶が蘇る。ちぎってにおいを嗅いでから、グンゾーは一口食べてみた。

「ずるい！」

三条上等兵が嫉妬するのをよそに、ジンペーが心配そうに近づいてくる。

「ダメっすよ！　いくらグンゾーさんでもお腹壊しちゃいますって！」

少しでも変な味がしたら吐き出すつもりでいたが、ほどよい塩気に強い酸味がきいた爽やかな風味に、グンゾーは雷に打たれたような衝撃が走る。

なんという滋味。酸菜を知っていたのだから、キャベツでも同じやり方で発酵させて具材にするという考え方はできたはずだ。この酸っぱくなったキャベツは、どこでもないこの開拓村の味だった。

余るほどキャベツが収穫できるこの土地で、少しでも長く食べられるよう工夫を施そうとする適応力こそ、自らに欠けていたもの。

「だ、大丈夫っすか?」

心配になったジンペーが、一心不乱になってキャベツの漬物を食べるグンゾーに話しかけた。グンゾーはジンペーの両肩をぎゅっとつかんで叫んだ。

「この壺、俺に託してくれ!」

グンゾーに肩をつかまれて、ジンペーの顔は真っ赤になったが、返事をする頃、壺は厨房に運ばれていった。

与えられた環境で、その風土を詰め込んだ餃子を作ること。場当たり的な手法で作っていては、究極の餃子とは呼べないかもしれないが、キャベツの古漬けを食べたことで、それでもかまわないという許容の心が生まれてからは、餃子づくりが軽やかになっていった。

夜通しキャベツの漬物を刻んでは具を作り、気付けば朝になって村人たちは午前の働きに出て行ってしまった。キャベツの漬物に、譲り受けた羊肉、刻んだ長ネギと塩、こしょうに紹興酒とネギ油を混ぜ込んだタネで作った餃子は、ここでしか作れないものだった。

焼きたての餃子を持って、グンゾーが向かった先はミンの眠る小屋だった。今朝は調子がいいのか、すでに目を覚まして上半身を起こしている。差し込む日差しを、手で遮っていた。

「寝ていなくていいのか」

突っかけを脱いで、板の間に上がり、ミンの近くで正座をした。ミンは、グンゾーの手に餃子があることに気付いて問いかけた。

「どうしたの？」

グンゾーは餃子を渡す前に、手帳を取り出してミンに渡した。

「ずっと、先生に俺の餃子を食ってもらいたいと思っていたんだが、何を作っても、先生に食わせるに値しないと、納得ができなかった」

小さな手帳のページは、残りわずかになっていた。ミンはじっくりと見ながら、紙をめくっていく。

「いろんな餃子を作ってみた。辛いものや、大きいもの。具材を変えてみたり、煮たり焼いたり。村人たちはみな好みが違って、満場一致でうまいと言わせたことは、一度もない」

ミンはページをめくる手を止めた。

「くやしい？」

グンゾーは素直にうなずいた。

「俺は、焦っていた。究極の餃子が、どんな味で、食感だったのか、もはや思い出せなくなっているから。今は、それでもかまわないんじゃないかと思っている。究極は、波のように揺らめいていて、一つとして同じ形がない。そう思うと心が楽になり、この餃子ができた」

グンゾーは皿と箸をミンに渡した。ミンが咀嚼する姿を、グンゾーはじっと眺めていた。

ミンは二つ目の餃子を箸でつまみ、グンゾーに食べさせた。

「どんな味？」

まだ熱が残っていた。

「妙な気分だ」

「おいしくない？」

口をもごもごしながら、グンゾーは続けた。

「自分で作ったのに、ほっとする」

「わたしも、そう思う」

熱と格闘するグンゾーを、ミンは静かに見守っていた。

「グンゾー、変」

「何だと？」

「餃子しか食べない」

グンゾーは胸を張った。

「餃子に飽きた覚えは一度もない。毎食どころか、夢の中でさえ、俺は餃子を食っていたい」

「そういうの、日本語で、変、って言う」

「覚えておく」

冗談を言い合っても、二人は笑わなかった。

「グンゾー、しつこい。それに、しぶとい」

ミンはまた餃子を口に運んだ。

「グンゾーがしつこいの、楽しかった。わたしも、変、かもしれない」

「先生も、間違いなく変だ」

今度はミンがうなずく番だった。

「大切な人たち、みんな、いなくなってしまった」

流れの速い雲が横切り、集落を影が覆う。

「わたしには、何も残らなかった」

焼け落ちたショーグンの館から逃げ出した光景が、ありありとよみがえってくる。もしかしたら夢だったのではないか。そう思いたくなるが、二人が立っているのは、喪失から続いている場所だった。

館から逃げる時、ミンの腕を引っ張った感触が、グンゾーには焼き付いている。

「たった一つだけ、残されているもの、あった。グンゾーが、残してくれたつながり」

思いも寄らない言葉を受け、グンゾーは首を横に振る。

「先生がいなければ、餃子を学ぶことはできなかった。感謝しても、しきれない」

ミンは焼餃子を見た。

「わたし、味、わからないけど、辛くない。今は、うれしい。グンゾーと、餃子を食べるの、たのしい。なじむことが、うれしいと、教えてくれたから」

ミンは餃子を口に含み、手でそっとグンゾーの頭を寄せて、唇を重ねた。グンゾーの口に、餃子が入り込んでいく。グンゾーは、身体が動かなかった。

腹の奥で、何かがじんわりと広がっていく。飲みこんだ餃子とは比べものにならない熱が、血管を通して、全身へ伝わっていく。

グンゾーを包んだ温かさは、自分だけのものにしておくのが惜しかった。共に熱を分かち合おう。それを伝えようと、グンゾーは優しくミンを抱きしめた。

「こりゃ、おみゃ、こんなとこで油売っちょって」

日が暮れる頃、小屋に入ってきた団長は、疲れた表情で言った。グンゾーは、眠ってしまったミンを眺めている。

「今日は何の餃子か、みんな気にしちょる」

「今行く」

突っかけを履こうとしたとき、服を引っ張られた。

「今日は、わたしも、やる」

グンゾーは、ミンの手をつかみ、軽く握った。

「先生がいれば、百人力だ」

第十一章　分水嶺

大陸は、長い冬を終えると春を通り越して一気に夏がやってくる。団長の開拓村は、相変わらず粗末ではあったものの、食うに困ることはなかった。すべての開拓村が団長のところのように順調だったわけではない。日本流の開墾を試みて、土壌を傷め、作物が実らなかった他村から、助言や食糧を求めてやってくる者たちがいた。中には、かつて団長を村八分にした村からも、交流を再開しようという誘いもあった。

物々交換の食糧を運ぶついでに、グンゾーたちは他村へ遠征し、焼餃子の試食を行っていた。

「グンゾーさんはとんでもないことをしているのかもしれませんよ」

遠征に同行していたジンペーは鼻高々だった。

「すごい食いつきだったじゃないっすか。ほかの村の日本人が食べても、おいしいと言われる出来に仕上がってたんすよ」

ウンジャは、荷車に乗ったミンから干した杏《あんず》を受け取ってかじった。

「ほかの開拓村でも、餃子は知られていたみたいね。水餃子は日本人の好みではないみたいだし、焼くにしても皮が鍋にひっついたり、パサパサになったり、うまくいかなかったって言っていたわ。あの調子だと、さっきの村の連中も、早速グンゾー式焼餃子を試してみるんじゃないかしら」

ミンは、グンゾーとジンペーにも杏を渡していた。乱暴に杏をかみながら、ジンペーはふてくされる。

「グンゾーさんは人がよすぎるっすよ。あんな丁寧に作り方を教えてやらなくたってよかったんす。おまけにメモまで渡してきちゃって。団長を追い出すような連中なんすから、食糧を多めに譲ってもらったって罰は当たらないはずっす」

グンゾーの表情は変わらなかった。

「俺は、いろんな人たちから餃子を学んだ。彼らは、心置きなく、作り方を教えてくれた。ほかのやつらも餃子を作って切磋琢磨しなければ、究極の餃子は生まれてこない」

ジンペーは、ウンジャとミンに近づいて小声で言った。

「グンゾーさんは、あまり商売に向いていないかもしれないっすね」

談笑しながら帰路につく一同を、しんがりから六浦上等兵が見つめていた。その様子に気付いた三条上等兵は、少しおびえた様子で声をかける。

「どうしたのさ、六浦。顔が怖いよ」

「お前、村でのやりとりを見て、何か感じなかったか？」

三条上等兵はあっけらかんとしていた。

「検見軍蔵の餃子が受け入れられててすごいなと思ったよ。軍曹殿を襲ったときはとんでもない怪物に見えて怖かったけど、僕らにも餃子を恵んでくれるし、仲間が増えていくのもわかる気がするな」

「アホ！」

グンゾーたちに気付かれないように、六浦上等兵は三条上等兵の耳元で叫んだ。

「こりゃあ、いいものを見つけちまった。お前も食いっぱぐれたくなかったら、俺についてくることだな」

言葉の意味がわからず、思いを巡らす三条上等兵をよそに、六浦上等兵はグンゾーたちに近づいていった。

「おい、検見軍蔵！　俺にも餃子の作り方、教えてくれよ！　あんたの餃子がウケてるのを見て、俺、感動しちまった」

「かまわんぞ。調理場には人が多いに越したことはないからな」

妙になれなれしくなる六浦上等兵を、ジンペーはいぶかしんだ目で見ていた。

餃子遠征と名付けた、グンゾーの焼餃子布教活動は、評判を生んだ。食糧の備蓄が乏しく、古くなった野菜や肉を上手に活用する手段を欲していた他村からすると、焼餃子は、味の面でも栄養の面でも理にかなっていた。

遠征した村から、改めてグンゾーに作り方を教わりに村人がやってきたとき、ウンジャは手応えを感じた。飽きは、豊かだろうと貧しかろうと共通する人間の病である。日本の田舎から、気候も風土もまるで異なる満州にやってきた開拓村の人々にとって、土地に根ざした料理を学ぶのは重要だった。

春から夏の初めにかけて、グンゾーたちは満州の北部を布教して回った。脱走兵という立場上、おおっぴらな行動はできなかったが、その事情に鑑みて内密にしてくれる村が多かったのは彼らにとって幸いだった。

「身体、すっかりよくなったみたいね」

棚の上の小麦粉を取ろうと、身体を伸ばしているミンを見て、ウンジャは言った。粉の入った袋を両手で抱えて、ミンはウンジャにぺこりと頭を下げる。

「ありがとう」

グンゾーの餃子遠征に同行したいとミンが言い出したことに、反対したのはウンジャだった。病み上がりの身体で遠征を行うには負担が大きいと思っていたが、今、熱湯と塩を加えて力一杯生地をこねているミンを見ると、餃子作りの旅が回復につながっていた。

ウンジャは、じっとミンの顔を見た。さすがのミンも、長い間見つめられて、視線を上げる。

「なに？」

ほっそりとした顔に、薄い唇。髪は生糸のように艶があり、首筋にはほくろ一つない。同じ女性であるウンジャから見ても、ミンのはかない雰囲気には惹かれるものがある。

「グンゾーは作戦に失敗した日本の軍人で、ジンペーも脱走兵。アタシは行く当てのない朝鮮人で、アンタも帰る場所はない。団長は、故郷からも開拓村からも追い出されて、村の日本人や支那人も、元いた場所を捨てて、ここに集まっている。みんな、行く場所なんてなかったはずなのに、気付けばここで餃子を作ってる。こんな未来、考えもしなかった」

「つらい？」

ミンは手を動かすのをやめて、ウンジャに問いかけた。安心させるように、ウンジャは笑顔で答える。

「アンタと同じ気持ちよ」

照れくさそうにするウンジャの手に、ミンがそっと手を重ねる。

「今、すごく楽しい。グンゾーの餃子、広がってる。ウンジャ、一緒にいてくれて……」

最後までは言わせず、ウンジャはミンの口を手で塞いだ。

「アンタ、普段はしゃべらないのに、たまにずばっと言うのよね」

今度はミンがウンジャの口を塞いだ。

「いつも、ウンジャがしゃべってくれるから」

二人が手を離すと、口の周りが粉だらけになっていた。

「しろひげみたいになっちゃったじゃないの」

「先にやったの、ウンジャ」

ミンの笑顔を見たのは、そのときがはじめてだった。顔の筋肉がぎこちなく、自分でも笑うのを恥ずかしいと思っている緩んだ表情。楽しいはずなのに、ミンの美しい笑顔を見ていると、胸の奥が締めつけられるような気分になった。

畑から戻ってきたグンゾーとジンペーの姿が見え、ウンジャは声をかけた。

「今日は早かったじゃない」

グンゾーは淡々とした様子でミンとウンジャが作っていた具を確認し始めるが、ジンペーは入り口に呆然と立ち尽くしていた。

「どうしたの？」

ウンジャに声をかけられても、ジンペーは農具を下ろそうともしない。

「これでも飲んで、少し休んだらどう」

薄めた紅茶を入れたコップをジンペーに渡したが、一向に飲む気配がない。不穏な様子に、ミンの手も止まる。

「ドイツが、降伏したらしいっす」

ジンペーの目は血走っていた。

「別の村の人が、こっそりと教えてくれたんす。もうドイツは連合軍に敗れていて、沖縄が攻め込まれているという噂もあるんす」

「それが、アタシたちとどう関係してくるの？」

ウンジャの問いかけにきちんと答えようにも、ジンペーの口はうまく動かなかった。

「イタリアが降伏し、ドイツが敗れたとなれば、連合軍の標的は日本だけ。やつらは本気で、戦いを終わらせに来るはずっす」

戦争が終わるという言葉を聞いて、ウンジャは手を叩いた。

「じゃあ、これでこそこそせず、餃子が作れるようになるわけね！　よかったじゃない、究極の餃子への道が、一気に開けるのよ！」、喜ぶウンジャは、ミンと手を叩こうとした。グンゾーは眉一つ動かさず、具を練っている。ジンペーの表情も変わらなかった。

「日本が、降伏を受け入れるとは考えられないっす。たとえ、この世から日本人がいなくなろうとも、最後の最後まで戦い続けるよう命じられているのが帝国軍人っす。今はまだ戦線が南ですが、やがて本土や、あるいは満州にソビエトが攻め込んでくるとなれば、各地で玉砕に次ぐ玉砕が起こるかもしれません」

空気を察したウンジャは、話を明るい方向へ持っていこうとする。

「それはあくまで噂なんでしょう？ 戦争が終わるなんて噂、アタシは何度も聞いて裏切られてきたもの」

ジンペーは力なく首を横に振った。

「近々、民間人の召集が始まるらしいっす」

ジンペーはグンゾーを見た。話には首を突っ込まず、黙々と餃子を作っている。

「満州は、ただでさえ兵が減っているんす。関東軍もかなりの数が、南へ向かいました。ここで民間人の兵力増員を行うということは、最終決戦の準備に向けているかもしんないっす」

意見を求めるように、ジンペーはグンゾーを見た。グンゾーは誰とも視線を合わせなかった。

「手が空いているのなら、お前も包むのを手伝え。せっかく上手に包めるようになってきたんだ。指に覚えさせろ」

いつもなら喜び勇んで手伝うジンペーだったが、珍しく反論した。

「何か、策を考えないと。生き延びなきゃ、餃子は包めないんすよ?」

「手を動かせば、邪念は引っ込んでいく」

そう言ってグンゾーはタネの入った器を渡そうとしたが、ジンペーは両手の拳に力を入れた。

「団長の村はお年寄りばかりですし、支那や朝鮮の人たちもいて意思疎通が難しいときもあります。農作業はできましたが、屈強な兵たちが突っ込んでくるとなれば、話は別っす。民間人を襲わないなんてのは建前で、どの国の兵士だって、腹が減っていたら、野蛮になるのは世の常。理性的な軍人がやってくる頃にはもう、村は灰になっているんす。本官たちは、いざとなれば強引に逃げることはできるっすけど、村の人たちは違うっす」

ジンペーの頬から、汗が流れ落ちていった。

「本官たちをかくまってくれた団長たちを見捨てて、どこかへ逃げるなんてことは、できないっす。今、村の人たちの命を預かっているのは、本官とグンゾーさんなんすよ?」

グンゾーは、へらで具を取り、皮に包んでいた。

「さっさとしろ。終わらないぞ」

「グンゾーさん!」

拗《す》ねるように、ジンペーは声を荒らげた。グンゾーの、ジンペーを見る目は冷たかった。

「手伝わないのなら、出て行け」

右腕で涙が浮かぶ目を拭って、ジンペーは小屋を出て行った。

「アンタ、言葉を選びなさいよ！　ジンペーが繊細なの、知ってるでしょ？」

グンゾーを叱りつけ、ウンジャはジンペーの後を追いかけていった。

騒がしい二人がいなくなり、小屋は静寂に包まれる。日が暮れかけており、ミンはランプに火をともした。ぼんやりとした明かりが、ミンの顔を照らす。

その一部始終を、小屋の壁に張り付いて見ていたのは、六浦上等兵と三条上等兵だった。

「ソビエトのやつら、襲ってくるのかなぁ？　だとしたら、いよいよ僕も年貢の納め時だよ！　とうとうこの生きづらい世界から、おさらばできるんだ！」

嬉々とした声を上げる三条上等兵の頭に、六浦上等兵のげんこつが襲う。

「ここまで生き延びて、死んでたまるもんか。このことは絶対に軍曹殿には言うなよ」

「どうして？」

「軍曹殿のことだ、話を聞いたら首だけになっても戦い続けるはずだ。俺は、軍曹殿を死なせたくはない。お前だってそうだろう？　ここは余計なことは言わず、その日が来るのをじっと待つんだ」

「僕は戦場に行きたいよ」

「ソビエトの連中がやってきたら、思い切り暴れ回ればいい。それまでは、おとなしくしておけ」

今日の餃子は、ニンニクがたっぷり入っていて、初夏の日差しで疲れた身体にはもってこいの一品だった。飛び出していったジンペーは、ウンジャに慰められて戻ってきたが、グンゾーとは口をきかなかった。

食後の片付けを終え、グンゾーは村の近くにある大きな岩に横たわって空を眺めた。どこへ行っても山が見られる日本とは異なり、果てしなく広い空を見ていると、この世から文明が失われたと錯覚する。

「何しちょる」

岩場には先客がいた。団長は、高粱で作られた酒の瓶を握っている。透明な液体に、月の光が透過していた。あぐらをかいた団長は、小さなグラスに酒を注ぎ、ぐっと飲み干す。

「おみゃも飲め」

「俺はいい」

返事を無視して団長は酒を注ぎ、強引に渡してきた。仕方なく、グンゾーは少しだけ酒をなめた。甘い花のような香りが鼻を抜けていく。その余韻をかき消すかのように、かっとなる熱さが喉を襲い、むせてしまった。

ぼうぼうに伸びきった白い眉の下で、団長のしわだらけの目が笑っている。団長はまたしても象のようなゲップを披露した。

「おみゃ、あいつを黙らしちょけ」

酒の熱は、まだグンゾーの腹で冷めてはいない。

「どこで何を聞いたか知らんが、騒ぐのは、嵐が来てからでいい」

酒が回り、団長の顔は赤黒くなっている。

「支那の酒はよう効く。わしゃ、日本酒じゃまったく酔わなくての。がぼがぼ飲んじょっても腹が膨れるだけじゃがあ、こっりゃええ。日本に持ち帰ったら、アホな酒好きによう売れるぞ」

冷たい夏の風が、草のにおいを運んできた。

「おみゃらは、出てけ」

団長の口調ははっきりとしていた。

「キューキョクの餃子を腹いっぺえ食わせる夢、あんじゃろ?」

数え切れないほどの星が、空には散らばっている。

「おみゃにしかできねえと思うもんがあるなら、やれ」

「団長」

グンゾーは、ぽつりと口を開いた。

「俺の餃子はうまかったか?」

団長は、にゃははと笑った。

「まだまだ」

開拓村にも兵力を探しに、兵隊がやってきたことで、餃子遠征は中止になった。幸いにも団長の村は高齢者が多く、ろくに調査されなかったが、もし彼らが家畜小屋のわらをめくったら、戦力になる生きのいい四人の兵士を見つけられたはずだ。

村の雰囲気に、余裕がなくなっていった。ラジオの電波もろくに入らない満州の片田舎では、世界で何が起こっているかを知るよしもなかったが、国境に近いため、風が不穏な空気を運んできた。

大陸は、一気に夏が押し寄せてきた。日陰の少ない日中にできる作業は限られてくる。明け方に作業するためにも、村人たちは食事を終えたらすぐに床についた。

眠れない夜、ウンジャはミンの寝息に耳を澄ませた。風の音にかき消されてしまうくらい、小さな寝息。そのかすかな音を聞こうと集中していると、自然に眠りがやってくる。

暑さが強まっていて、寝苦しい夜が続く。今夜も、隣で眠るミンの寝息に、耳を傾けていた。考え事がまとまらなくなってきて、優しい眠気が訪れる。そろそろ、眠りにつけそうと思った、そのときだった。

「起きろ」

枕元に立っていたのは、グンゾーだった。

「なによ、ようやく眠れそうだったのに」

グンゾーはミンも揺さぶり、ほかにも眠っている女たちに次々と声をかけていった。グンゾーに連れられてウンジャが広場にやってくると、男衆も目をこすりながらあくびをしている。ジンペーや、六浦上等兵たちも突然起こされたらしく、きょとんとした表情を浮かべている。

広場の真ん中に、団長がいた。

「おはよーございます!」

団長ははつらつとした声で言った。団長の奇行には慣れっこだった村人たちも、深夜にたたき起こされてあくびをしている。一同は景色が少し違うことに気付いた。北の空が赤く、照らされている。東の空はまだ夜明け前で、暗いまま。動揺する村人たちに、団長は宣言した。

「本日をもって、この村を廃村とする!」

はじめは日本語で、その後、支那と朝鮮の言葉でも同じ旨を伝えた。広場は大混乱に包まれる。ウンジャは問いかけた。

「どういうこと?」

団長は指を北に向けた。

「戦じゃ。ソビエトか、支那の軍かはわからんが、じきにここも巻き込まれる。みんなここに残りたいじゃろうが、兵たちが友好的とも限らん。できることなら、南へ向かってほしい」

突然避難しろと言われても、みな戸惑うばかりだった。グンゾーが団長の横に立って、改めて説明する。

「これから、ここは戦場になる。どこが正しい逃げ道なのかは、誰にもわからないが、ここに残るよりかは、少しでも南へ向かうのが最善策のはずだ。ここからは、自分たちの頭で判断してほしい」

グンゾーは、ジンペーを呼び寄せた。

「村人たちを指揮するのはお前だ、ジンペー」

グンゾー直々に大役を任命されてうれしいはずなのに、ジンペーは疑問を口にする。

「どうして、事前に知らせておいてくれなかったんすか？　戦いが始まってから準備しろって言われたって、みんな動けないっすよ！」

ジンペーの肩に、グンゾーの手が置かれる。

「事前に逃げ出す準備をしていたら、関東軍や憲兵に目をつけられていた。これだけ多くの人間を動かすには、事態が動いてからではないと手の打ちようがない。お前が言いたいことは、理解している」

ジンペーは、拳を強く握った。団長も、ジンペーの手を取った。

「みんなを頼んだぞ」

そう言われて、ジンペーは久々に敬礼をした。ウンジャは団長に詰め寄った。

「団長はどうするの？」

「わしゃ、ここに残る」

その言葉を受けて、一同がざわつき始めた。

「団長がいなかったら、ここに残る村人はどうすりゃええ。ここの連中がきちんと元の場所に戻るのを見るまでは、わしが帰るわけにはいかん」

村人たちは、慌てて家に戻り、荷物をまとめ始めた。あちこちで村人たちが行き交う中、ミンと抱き合っていたウンジャにグンゾーは近づいた。手には、手帳が握られている。

「これを、お前に託す」

ウンジャに、ボロボロの手帳が渡される。

「アンタも日本に向かうんでしょ？　ようやく戦いが終わって、自由に餃子が作れるようになるのよ？　究極の餃子を、みんなに広めるんじゃないの？」

ミンも何度も首を横に振っていた。

「ここに、俺が見て、聞いて、学んで、作ってきたすべてが書かれている。日本で探求を続けろ」

ウンジャはグンゾーの肩を両手で強くつかんだ。

「ふざけないでよ！　究極の餃子にたどり着くのは、アンタの夢なんでしょ？」

一部始終を聞いていたジンペーは、青ざめた表情で近づいてきた。

「グンゾーさんは、本官と共に南へ向かうんす。本官と離ればなれになるなんて、ありえないことなんす」

グンゾーはジンペーの頰を優しく叩いた。

「南への撤退は、お前だけが頼りだ。お前のしぶとさは、俺の比じゃない。頼んだぞ、ジンペー」

名前を呼ばれて、ジンペーの瞳に涙が浮かんでくる。

「本官こそ、村に残って団長の支援をするっす！　グンゾーさんは日本に帰って、究極の餃子を生み出すんすよ！」

「撤退戦は、しんがりの仕事ぶりが重要になる。満州の地理は、お前やミンの方が詳しい。俺にできるのは、足止めくらいだ。それぞれができる、最大限の恩を返すのが、俺たちの役目だ。わかるな？」

グンゾーの瞳に、ジンペーは見覚えがあった。士官学校時代に、相撲大会で一瞬だけ見せた強い闘志。それが、ジンペーの心をつかんだ。その瞳は、若かりし日よりもなお、輝いていた。涙を拭い、ジンペーは顔を上げた。

「本官は、この撤退を軍人としての最後の仕事にしますが、上官であるグンゾーさんに、戦果報告をするまでは任務を継続します。すぐに本官たちと合流し、一緒に究極の餃子を探しに行きましょう！」

「おう」

敬礼をし、ジンペーは即座に村人たちへ説明を始めた。

「検見軍蔵！」

杖をついて歩いてきたのは、九鬼軍曹だった。背後には六浦上等兵と三条上等兵の姿もある。

「脱走兵の分際で、何を偉そうに指揮をしている！」

九鬼軍曹は、きびきびと村人たちを誘導するジンペーを見ながら言った。

「貴様の不埒《ふらち》な部下も、優秀であることに違いはないようだな。ここは異国であるが、我が国の領土に変わりはない。その地に住む民が、朝鮮人だろうと支那人だろうと、保護の対象である。この防衛戦には、我々も参加するからな」

九鬼軍曹の後ろに隠れていた六浦上等兵は、恐る恐る尋ねてくる。

「お、俺たちはどうすればいいんですかね？」

久々に、九鬼軍曹の怒号が飛ぶ。

「バカもん！　貴様、検見軍蔵の話を聞いていなかったのか！　撤退戦とは、攻め込むよりも困難を極める！　検見軍蔵の部下だけで、村人たちを誘導できると思っているのか！　貴様は一人の死者も出さずに、村人たちを南へ連れて行け！」

うれしそうに敬礼する六浦上等兵とは裏腹に、三条上等兵の顔は青ざめていった。

「僕らは死線をくぐり抜けてこその兵！　敵が攻め込んできたとなれば、その最前線で迎え撃つというのが筋というもの！　僕を一番危険なところに配置してくださいよお！」

九鬼軍曹は、容赦なく三条上等兵にげんこつをお見舞いした。

「撤退戦が安全だと、誰が言った！　どこから賊が襲いかかってくるかもわからん！　逃亡は死罪と言って、自決を迫る関東軍に見つかるかもしれないのだぞ！　それらを振り切って南を目指すのは、ここに残るよりはるかに危険を伴う！　その自覚を持って、任務を果たせ！」

図らずも九鬼軍曹の登場で、士気は高まっていった。グンゾーがその場を離れようとしたとき、ミンに袖をつかまれた。

「わたしも、残る」

力は弱かったが、簡単に振りほどくことはできない。

「わたしの居場所は、グンゾーのいるところ」

グンゾーはミンの手を取った。

「ここは戦場になる。残っていては、先生をかばいきれない」

「わたしはもう、大切な人、なくしたくない」

グンゾーは手に力を込める。

「ここで死ぬつもりはない。後から先生たちに合流する」

そう言われても、ミンは手を離さなかった。

「餃子には、力がある」

北の方角から、爆音が鳴り響いてきた。地面に重い振動が伝わっていく。

「餃子は、ただの食いものではない。人と人をつなぐ力がある。究極の餃子を求めている限り、俺は死なない。先生も餃子を求める限り、必ずまた俺と会うことができる」

グンゾーの身体に、ミンは寄りかかった。

「わたしは、グンゾーほど、強くない」

「先生の餃子が、俺を強くしたんだ。心配はいらない。先生は、自分が思っているより、ずっと気丈だ」

ミンの背中を優しくなでて、グンゾーは身体を離した。

「また、餃子を食おう」

ミンは唇をかんで、小さくうなずいた。そのやりとりを、ウンジャは遠くから見つめていた。何があってもミンだけは守る。ウンジャはグンゾーが出会ったという餃子の女神に誓った。

ウンジャも別れの挨拶を伝えに行った。グンゾーの言葉は、短かった。

「任せたぞ」

赤く燃える北の空を見ていると、ウンジャの目に涙がにじんでくる。それを笑みでごまかすように、ウンジャはグンゾーの肩を叩いた。

「貸しにしとくわ」

ジンペーと六浦上等兵たちに率いられた一団が、村を離れていった。北からの爆音が、徐々に近づいてきている。

夏の大陸に、灰色の雲が迫ってきていた。

第十二章　手帳

灯火管制の敷かれた新京の街は、静かだった。誰もが混乱したら、いよいよ災厄に襲われると分かっているからこそ、沈黙を保っているようだった。

ジンペーたちが連れてきた村人は、村の三分の一ほどだった。多くの支那人は団長たちと村に残り、南に逃れた大半は腰の曲がった老夫婦や、乳飲み子を連れた寡婦で、成人のように効率よく進めるわけではなかった。

途中、武装した支那人の農民と鉢合わせになった。彼らは、グンゾーの餃子遠征で交流のあった人々で、ほかの村人たちの安否を問われ、ジンペーは事情を説明した。話を聞き、武装した農民たちは防衛戦に協力すべく、開拓村の方へ進んでいった。餃子遠征がなければ、戦いに転じていてもおかしくない邂逅だった。

新京の街へたどり着いた時点で、ジンペーは役目を果たした。奉天にいる親戚の家へ逃げようとする者、親が住むソウルへ向かおうとする者、内地への帰還を目指す者。命をかけた選択を、誰もが迫られていた。

新京の駅は、列車を待つ人々であふれかえっていた。軍用列車が停まっていたが、大きな荷物を抱えた市民は、乗車できずに見つめている。荷物を下ろした六浦上等兵は、言葉を漏らした。

「どの列車を選ぶかで、俺たちの明暗は分かれるってわけだな」

「じゃ、じゃあ僕はここに残るのが一番いいんじゃ……」

三条上等兵はそうつぶやいたが、九鬼軍曹仕込みのげんこつで、六浦上等兵が黙らせた。そのやりとりに、ジンペーは冷たい視線を送っていた。

「ここからは好きに行動していいんすよ。今から部隊に戻ったってかまわないんすから」

六浦上等兵は肩をすくめた。

「負けが決まっている軍に戻るアホがどこにいる？ つれないこと言うなよ、エリートさん。俺は、あんたたちの悪運を信じているんだ。あんた一人で女二人を連れて行くのも大変だろう？ 俺たちも面倒見てやるよ」

ウンジャは喉から出かかった言葉を引っ込めて、ミンの手を握った。

「だいじょうぶ？」

ミンは顔色が悪く、頬がげっそりとしている。ショーグンの館から逃げ出してきたときよりもひどいやつれようだった。ウンジャは、ミンのお腹に触れた。胸の下が、わずかだが膨れている。

「アンタ、まさか……」

ウンジャはミンの肩を寄せた。

「だいじょうぶよ。だいじょうぶなんだから」

そのやりとりを見ながら、六浦上等兵はジンペーに問いかけた。

「もう一人、守らなきゃなんないみたいだな。これからどうするんだ？　検見軍蔵仕込みの大局観、披露してくれよ」

六浦上等兵に挑発されても、ジンペーは冷静だった。

「南へ向かうっす。新京からだと西の葫芦島《ころとう》や大連の港が近いですが、敵軍に占領されていたら、元も子もないっす。攻め込んでくる敵から最も遠ざかることができて、日本に近い場所。釜山を目指すっす」

平壌行きの列車に乗り込んでから、長旅が始まった。特別に編成された列車だったのか、多くの駅をすっ飛ばしていった。目的地で降りるために、列車の窓から外へ飛び出す客や、反対に駅から列車に飛びついて乗り込もうとする客の姿を、何人も目にした。

車内では赤ん坊のぐずる声と、小さな子供が食べものを乞う声だけが響いていた。何度か、傷痍《しょうい》軍人が沈黙に耐えきれずに叫び声を上げて、混雑する車両を走っていったが、誰も文句を言う余裕はない。

隣の車両から戻ってきた六浦上等兵の顔が、珍しく青ざめていた。列車のドアに寄りかかるようにしてぐったりするミンとウンジャを、ジンペーはかばうようにして立っている。

六浦上等兵は無理矢理笑みを作りながら、ジンペーに言った。

「広島と長崎が、新型の爆弾で壊滅したそうだ。ほんとに内地へ戻るのが正解なのか？　国へ帰ったら国がなくなってた、なんてこともあり得るんじゃないのか？」

それより気がかりなのはミンだった。食糧に乏しく、流行病にかかっている。列車でも何人か死者が出て、走行中の窓から放り出されるほどだった。

朝鮮の駅は、新京ほどのざわめきはなく、列車が慌ただしく移動するのを、不思議そうに見つめる客がいるくらいだった。釜山へ到着したのは、開拓村を離れて三日が経ってからだった。

「ハルモニの家に行くわ」

ミンの容態は悪化の一途をたどった。ウンジャは、村から朝鮮人街に居を移していたハルモニの家に向かい、隣のバラック小屋を貸してくれたが、ミンの状況は好転しなかった。ミンは、何度もグンゾーの名を呼んだ。ウンジャは、グンゾーの無事を願いながら、ミンの手を握ることしかできなかった。

釜山はどの家も子供たちが腹を空かせており、配給の厳しさを物語っていた。釜山にたどり着いて、すぐに船に乗れるわけではない。日に日に、満州や朝鮮北部が攻め込まれている情報が釜山の街にも伝わっていき、駅や港が騒がしくなっていった。

ほどなくして終戦の一報が届き、朝鮮人街の一角で、一人の赤ん坊が生まれた。ミンから男の赤ん坊を取り上げて、ジンペーは涙を流していたが、ウンジャは落ち着いたようすで声をかけた。

「元気よ。アンタも顔、見てあげなさい」

ウンジャは赤ん坊を、ミンに近づけた。痩せ細ってしまったミンは、筋張った手で赤

ちゃぷと響いた。

「戦争が終わったの。これからは、争いにおびえて生きなくても済む。おいしい餃子を作って、みんなに広めていくのよ。それで、グンゾーにもう一度会うんだから」

ウンジャはミンの頭をなでながら、優しく言った。ミンは、青くなった唇を動かして言葉を口にするが、音にはならない。ハルモニが産湯《うぶゆ》で赤ん坊を洗う音だけが、ちゃぷちゃぷと響いた。

終戦後、釜山の街は日に日に北からの難民であふれかえり、駅や港の周辺には大きな荷物を抱えた人々が立ち往生していた。日本行きの船が出るという噂は何度も流れ、その度に人々は港で眠り、次の日の船を待った。

「そろそろ船が来るわ。日本に行けば、きっと食糧もあるはずだし、医者だっている。全然心配いらないんだから」

乳飲み子を抱えながら、ウンジャはミンに語りかけていた。

赤ん坊は、驚くほど聞き分けのいい子だった。腹が減っても、おしめを汚しても、こちらが気付かない限り、滅多に泣くことはない。それは、ジンペーと六浦上等兵とで、釜山の街に近い丘の麓で、ミンの墓穴を掘っているときも同じだった。

何の猶予も与えてくれない死だった。グンゾーとの約束を守れなかった後悔や、ふがいなさを感じる余裕はない。あまりにも平坦な死が、彼らから言葉を奪っていた。

ミンの墓の周りにも、同じように墓穴がたくさん掘られている。釜山では、赤ん坊や子供が毎日のように死んでいった。増え続ける死体のために穴が開けられ、土が被さっていく。

「ウンジャ」

赤ん坊の頭を撫でていたウンジャに、土で手を汚したジンペーが近づいてきた。

「この子だけは絶対に、連れて帰るっすよ」

日本海を見ながら、ウンジャは言った。

「何が何でも、生き延びてやる」

ミンの葬儀から姿を消していた六浦上等兵は、海水で手を洗っていた。海で顔を洗った三条上等兵は、犬のように首をブルブルと振って水滴を落とした。

「ミンが作ってくれた蒸餃子、とってもおいしかったのになぁ。こんな世の中でみじめに生き残るより、よっぽど幸せなんじゃないかと、僕は思うよ」

海水でうがいをした六浦上等兵が返事をする。

「死にたくないと思ってるやつが死んで、死にたいと思っているやつは死ねない世の中なのさ。あの赤ん坊だって、そう長くはないぜ。子供から先に、死んでいくからな」

海水浴にはうってつけの季節だったが、砂浜にいるのは六浦上等兵と三条上等兵だけだった。

「満州はソビエトに占領されたみたいじゃねえか。軍曹殿も検見軍蔵も、死んじまっただろうな。あの世でミンと再会してるかもしれないぜ。そう思えば、少しは浮かばれるってもんだ」

あまり日に当たっていると腹が空いてきてしまうので、三条上等兵は下着のまま木陰に歩いていった。その後を六浦上等兵が続く。

「六浦にしては珍しく、同情しているんだね」

「感謝といった方がいいだろうな」

「感謝？」

三条上等兵は、近くに生えていた雑草をかじったが苦くて食べられなかった。

「いいか、三条。もう新しい戦争が始まっているんだ」

「そんなの知ってるよ。これから満州や朝鮮はぐちゃぐちゃになるだろうね。ちぇっ、どうして僕はそこにいられないんだ」

「違う。日本での話だ」

岩場に止まった海鳥が、きゅいと鳴いた。

「内乱が起こるってこと？　今更戦おうなんて命知らず、いるのかなぁ」

六浦上等兵は深いため息をついた。

「これからは商売の時代だ。これまで、俺たちみたいなしょぼい家柄の田舎もんは戦地に行くしかなかった。戦争が終わって、金持ちも貧乏人も、関係なくなる。いっぺん、ゼロに戻るんだ。何もかもがな。そうなったらどんな手を使ってでも、成り上がれる機会があるってわけだ」

「僕も六浦も金もなければ学もない。おまけに軍人ですらなくなったら、何をして生きていけばいいんだかわからないよ。何か、商売になるようなものを持っていれば、話も違うんだろうけどさ」

「あるんだよ、それが」

三条上等兵は、くしゃみをした。

「宝石でも盗んできたの？」

「アホ、俺たちはもう、持ってるんだよ」

「僕は何にも持ってないよ？」

六浦上等兵は立ち上がった。

「お前、さっきミンに何を食わせてもらったって言った？」

「何って、蒸餃子だろ」

「うまかったか？」

「もちろんさ。検見軍蔵が作ってくれたものも、おいしかったな。考えてみれば、検見軍蔵はすごいや。支那人だろうとモンゴル人だろうと関係なく、ずかずかと突っ込んでいって、餃子を作っちゃうんだもん」

「それなんだよ！」

六浦上等兵は、両手を広げた。

「餃子。あれは、絶対に売れる。いいか、今は茶碗一杯の飯を食うために、殴り合いをするひもじさだ。飢えは金になる。餃子は、粉と安い具材があれば作れちまう！　カスみたいな端材を混ぜ合わせるだけで金になるなんて、錬金術だ！　餃子がうまいことを、ほとんどの内地の日本人は知らない。こんなでかい商売の機会、今しかないだろ？」

六浦上等兵が熱く語る様を見て、三条上等兵はどことなく九鬼軍曹の姿と重なった。

「僕は、料理なんてしたことない。六浦の炊事だってひどいもんだ。僕らには何の経験もないんだから、無理だよ」

その反応を待っていたと言わんばかりに、六浦上等兵は鼻を膨らませた。

「一つだけ、策がある」

「策？」

「検見軍蔵が朝鮮の女に、何か渡しているのを見なかったか？」

開拓村を離れる際の様子を、三条上等兵は思い浮かべる。

「手帳のようなものを、託していたね」

六浦上等兵は、あごに手を当てて笑みを浮かべた。

「あの手帳には、検見軍蔵が大陸で研究した餃子について事細かに記されている。あれを、奪っちまうんだよ」

「ええっ！　そんなにうまくいくかなぁ？」

「俺に考えがある」

二人を見ていた海鳥は、またきゅいと鳴いてどこかへ飛んでいってしまった。

ミンの赤ん坊にとって唯一救いだったのは、朝鮮人の乳母がいてくれたことだった。赤ん坊を預かってくれた家に感謝しつつ、ジンペーは距離を取った。暴動があちこちで起きる今、朝鮮人街の一角に日本人の男が出入りしていると周りに知られたら、何が起こるか分からなかったからだ。

ジンペーは、港の船小屋で寝泊まりをし、荷運びや家屋修繕で物資を調達していたが、ものが少ないのでその生活にも限界があった。

「よう、エリートさん」

船小屋の周りは、押し寄せた難民たちでごった返していた。折りたたまれた帆を布団代わりにしていたジンペーは、これから眠りにつこうとしたとき、声をかけられた。現れたのは、六浦上等兵だった。

ミンの葬儀の後、いつの間にかどこかへ消えたかと思ったら、こんな具合にひょこっとやってくる六浦上等兵は、痩せた顔に笑みを浮かべている。

「なんすか」

六浦上等兵の後ろには、三条上等兵が立っている。六浦上等兵はジンペーを波止場に連れ出し、海を見た。海には星の光が反射していて、波と遊んでいる。

「検見軍蔵の一番弟子のわりには、苦戦しているみたいじゃねえか。きっとやつなら、こんなところで足止めなんざ食らわずに、泳いででも日本へ帰っただろうよ」

ジンペーは六浦上等兵に詰め寄り、胸元を両手でつかんだ。

「軽々しく、グンゾーさんの名前を口に出さない方がいいっすよ」

士官学校仕込みの警告に、六浦上等兵の額に汗がにじむ。

「落ち着けって。俺が言いたいのは、こんなところでもたもたしていたって損だぜ、ってことさ」

ジンペーの手を優しく離して、六浦上等兵は咳払いをする。

「俺は、開拓村で学ばせてもらったんだ。人種なんて気にしても損しかない、ということをな。あの赤ん坊だって、検見軍蔵が朝鮮の女と旅をしていなければ、お乳はもらえていなかっただろう。あんただって、朝鮮の女と一緒にいたから、釜山までたどり着けた。そうだろう?」

ジンペーは据わった目のまま何も言わなかった。

「俺もそれに倣って、商売を始めたんだ。朝鮮人と一緒にな」

六浦上等兵は、船小屋に戻ろうとするジンペーの背中に向けて言った。

「明日にでも日本へ帰れるとわかったら、あんた、どうする?」

振り返って、ジンペーは六浦上等兵をにらみつける。

「悪い冗談は、好きじゃないんすよ」

今度は六浦上等兵もひるまなかった。

「釜山は漁師町だ。今は漁業が機能していなくて、朝鮮の漁師たちは食いっぱぐれている。やつらが持て余している漁船は、金の鉱脈だ」

六浦上等兵は、機嫌よさそうに波止場を歩き、その後ろに三条上等兵がついて回る。

「朝鮮にいる俺たちを、国が迎えに来てくれるのか、それとも連合国のやつらに連れて行かれるかもわからない。朝鮮の漁師たちに、船を出してもらえば、一向にやってこない迎えを待つよりずっと、確実なんじゃないのか?」

補足するように、三条上等兵も話に加わる。

「少し前に、初めて数人のお客さんを乗せて日本へ送ったんだ。それが、きちんと帰ってきたんだよ。誰に目をつけられるかわからないから、広くは宣伝できないけど、君たちには世話になったからね。どうかなと思って」

人なつっこいジンペーだったが、この二人とは、開拓村で長い間時間を共にしても、深く話し合うような関係にはならなかった。親切がすべて、自分のために行っているように映り、ジンペーは言葉を選んだ。

「その対価に何を要求するんすか?」

六浦上等兵は、伸びた口ひげに触れて笑った。

「さすが、よくわかってるじゃねえか」

ジンペーの姿を、まるで税関吏にでもなったかのように六浦上等兵は上から下まで眺める。

「これでも感謝しているんだぜ? 俺たちが釜山までたどり着けたのも、あんたや、あの朝鮮人の女、それに死んじまって気の毒ではあるがミンがいてくれたからだ」

三条上等兵は頭を下げた。

「ここまで連れてきてくれてどうもありがとう」

ジンペーは妙に素直になる二人を、黙って見ていた。

「金を要求したいところだが、あんたからは何も受け取れねえよ。船賃を、餞別代わりに受け取ってくれ」

この二人の要求を黙って飲むほど、ジンペーも愚かではない。もし、グンゾーさんなら、話に乗るだろうかと思案する。グンゾーが言いそうなことを想像し、ジンペーは笑った。突然笑ったジンペーを見て、二人はぎょっとする。

どのような裏があろうと、グンゾーさんなら前へ進むはずだ。それが、ジンペーの結論だった。

「では、お言葉に甘えさせてもらうっす」

「はやいところ、朝鮮の女と話をつけてきてくれ。漁師たちの気が変わらないうちにな」

薄暗い裏通りを抜け、ウンジャと赤子が眠るバラック小屋に近づく。扉代わりの布を剝いで中をのぞくと、わらまみれになったウンジャが野生の獣のように目を光らせていた。夜は、女たちにとって地獄の門が開く時間だった。飼い主の手を離れた野蛮な獣たちが、女を毒牙にかける不快な話を、何度も耳にしている。

「こんな時間にやってくるなんてどうかしているわ。集落の男たちに見つかったら、袋だたきじゃ済まないわよ」

ウンジャが抱えるミンの赤子は、死んだように眠っている。眠ったまま二度と目を覚まさない子供が数多くいる中、ミンの赤子は風邪一つひいていなかった。

「日本行きの船が、見つかったっす」

言葉を失うウンジャを見て、ジンペーも二の句が出てこなくなる。この朝鮮の地は紛れもなく、ウンジャの故郷だった。何の縁もゆかりもない地に向かうことが、果たして正しいことなのか。

「まさかここに残れなんて、言わないでしょうね」

ジンペーの躊躇を見抜くように、ウンジャは立ち上がった。

「今のアタシには、託されたものがある。グンゾーからは、究極の餃子を。ミンからは、この子を。アタシは、この二つをやり遂げるためなら、どんな場所へだって行ってみせる。国で人を分ける箱が国籍なのだとすれば、アタシは朝鮮の箱に入る。もし、食で人を分ける食籍みたいなものがあるのだとすれば、アタシは餃子の箱に入る。そこには、グンゾーやミン、それにアンタだって入っているのよ。アタシは、その箱を、信頼しているの。アンタも、そうじゃない？」

ウンジャの覚悟は、ジンペーには似合わない緊張感をほぐしてくれた。ジンペーは涙ぐみそうになるのをこらえて笑った。

「もう準備はできているみたいっす。荷物をまとめて、ついてきてください」

ウンジャは、モンペの奥にしまい込んだボロボロになった手帳に触れる。あの豪快な男からは考えられないほど、丁寧に書かれた餃子図鑑だった。餃子や調理器具の絵には、鉛筆の力加減を変えて濃淡や影がしっかりと描かれており、さながら静物のデッサンを見ているかのようだった。長旅を経て、ウンジャも様々な経験の記憶が飛び飛びになっている。アンフェンの水餃子、ミンの蒸餃子、バダルフのボーズ、ソメイのペリメニ、グンゾーの開拓村餃子。何もかも、過去に飲まれようとしている。ウンジャは、手帳を強く握った。

釜山の港から少し離れた岩場に、漁船は停泊していた。船は古く、使い込まれている。すでに何人かの船客が船の前で、荷物を広げていた。二人がやってきたことに気付いた六浦上等兵が近づいてくる。

「来たな。そこに並んでてくれ」

六浦上等兵は、荷物を広げているんすか？」

「どうして、荷物検査の手伝いをする三条上等兵に指示を出しながら答えた。

「密航は信頼があって成立するもんなんだ。一応、物騒なものがないかを確認しないと、船を受け入れてくれる向こう側の信頼も損ねることになる。あんまりたくさん荷物を載っけられても、船が沈んじまうからな」

客の何人かは追加の荷物を載せたいとか、別の人も乗せたいと言い始め、混乱を来している。それをなだめようとする六浦上等兵に向かって、ジンペーは言った。

「あんたは船に乗らないんすか？」

六浦上等兵は、なぜか笑っていた。

「俺たちゃすかんぴんだ。このまま帰ったって、何の当てもない。しばらく小銭を稼いでから、母国の地を踏むことにするよ」

ジンペーは、それ以上何も追及しなかった。荷物検査の列に並び、順番を待つ。二人の番になり、ウンジャは二人の女たちに物陰へ連れて行かれた。

「何をするつもりっすか」

ウンジャの手をつかみ、ジンペーは連れて行こうとするのを阻止する。慌てて六浦上等兵が近づいてきた。

「おいおい、ご婦人にこの場で裸になれと言うのか？　女はそっちで、男はそこでいったん裸になってもらう。すぐに終わる。さっさとしてくれ、人に見つかると厄介なんだ」

ウンジャを一人にするのはためらわれたが、後ろで待つほかの客たちが無言で圧力をかけてくる。

「かまわないわ」

六浦上等兵がウンジャの荷物を持ってやろうとしたが、かなりの重さがあり、よろめいてしまう。それに気付いたウンジャは、六浦上等兵の身体を支えた。

「アンタ、見かけのわりに貧相なのね」

六浦上等兵はウンジャに肩を借りて苦笑いを浮かべる。

「ろくなものを食ってないんでね」

岩陰でモンペを脱ぐ途中、ウンジャは奥にしまった手帳に触れた。それだけは、離すわけにはいかなかった。検査を手伝う朝鮮人の女は何度も手を離せと言ったが、ウンジャは一切聞き入れなかった。ウンジャのかたくなさに朝鮮人の女も諦め、再びウンジャは服を着た。

屋根もない貧相な漁船に、帰国を望む人々が十人近く乗っている。高波に襲われたら、みな海の藻屑になってもおかしくはない。ほとんど裸のような格好をした朝鮮の漁師が、舟を押してぴょんと乗り込んだ。波は穏やかで、水面は夜明けの光を反射させている。

砂浜から、六浦上等兵が声をかけた。

「無事を祈っているぞ！」

三条上等兵は、敬礼をしていた。

ジンペーは離れていく朝鮮半島を見た。何が何でも、生きてやる。ウンジャの言葉がジンペーの頭の中で繰り返される。ウンジャの胸ですやすやと、ミンの赤子が眠っていた。自分が海の上にいることも知らない、穏やかな眠りだった。


船が充分離れたのを見て、六浦上等兵は荷物検査をしていた朝鮮人の女に話しかけた。

「で、例のものは？」

朝鮮の女は不機嫌そうに首を横に振った。まるで失敗の責任が、六浦上等兵の指示にあるとでも言わんばかりのしわが眉間に寄っている。荷物からこっそりと時計や反物をちょろまかしていた三条上等兵は、戸惑いながら言った。

「あれは、彼らにとって命に等しいくらい大事なものなんだ。そう簡単に手放すわけないよ」

六浦上等兵は、ボロボロのポケットから一冊の手帳を取り出した。パラパラとページをめくると、中には様々な形をした餃子が描かれている。その横に、餃子は交わり、という文字があった。その文字を蔑《さげす》むように、六浦上等兵は笑った。

「善意は、向ける相手を間違えると油断につながる」

口が開けっぱなしになる三条上等兵など気にせず、六浦上等兵は明け方の輝く海を見ていた。

「検見軍蔵。あんたには、二人の乗船代を肩代わりしてもらうぜ。俺は俺なりに、あんたの餃子を受け継いでやるよ」

六浦上等兵は手帳をしまい込み、岩場の坂道を歩いて、釜山の街へと消えていった。

＊

幌を張った荷台から出たグンゾーを襲ったのは、冷たい風だった。文明が滅んだ星にやってきたように、地平線の向こうまでシベリアの荒野が続いている。九鬼軍曹は杖を突いて降りようとしていたのでグンゾーは手を貸そうとしたが、断られた。

「なんと貧しいところだ」

荒野を見て、九鬼軍曹は言った。日焼けしきった収容所には、すでに連れてこられた日本兵たちが立っていた。みなうつむき、誰も声を発しようとはしない。中にはその場でうずくまって、動けなくなるものもいた。

収容所の入り口から声がした。怒鳴り声が響き、銃を抱えたソビエト兵が集まってくる。グンゾーが騒ぎを見に行くと、一人の日本兵がソビエトの兵に殴りかかろうとして、止められていた。

「貴様！　裏切ったな！　戦友を見殺しにした罪は、一生消えぬぞ！」

騒いでいた日本兵は、他のソビエト兵に殴られた後、二人がかりで連れて行かれた。何発か殴られていたソビエトの兵が立ち上がり、グンゾーと目が合った。

「ソメイ」

グンゾーに名を呼ばれ、ソメイは服に付いた泥を払った。

「来てしまったか」

それだけ言い残し、ソメイは先着した日本兵たちを、宿舎へ誘導していった。寝床と仕事を与えられたグンゾーは、荒野を耕し、芋や野菜を育てる班に回されたが、土地が貧しく、作物が実る希望は薄かった。

夜になると氷河期が再来したような寒さが抑留者を襲い、朝になると死人が出た。凍死した抑留者を埋めていると、警戒中のソメイが声をかけてきた。

「お前の夢は、まだ覚めていないか」

眠るように亡くなった抑留者の頬に、朝日が差していた。グンゾーはそっと土をかけていく。

「どこにいようと、俺が進む道は変わらない」

埋葬を最後まで見守ったソメイは、収容所に隣接するソビエト兵の家族が住む集落へグンゾーを連れて行った。女性や子どもの姿もあったが、建物や調度品の貧しさは、収容所と大して変わらない。ソメイは集落を歩きながら言った。

「シベリアへ送られたはずの食糧は、駅を経由する度にどんどん減っていき、私たちがコンテナを開ける頃には空になっていることもある」

ソメイは一軒の家の前で足を止め、グンゾーを見た。

「貴重な食材も、煮込むことしか知らないソビエトのシェフによって、台無しにされていく。検見軍蔵、抑留者たちの命をつなげるのは、お前の餃子だ」

扉を開けると、中から少女が走ってきた。ソメイの後ろにグンゾーがいることに気付き、少女の足が止まる。ソメイは少女を抱きかかえて、グンゾーに見せた。

「お前を炊事班に推薦した。思う存分、餃子を作り、夢をつなげ」

少女はソメイに抱きつきながら、グンゾーを見ていた。

「この子の名前は？」

グンゾーに問われ、少女は顔を隠してしまった。

「フェーニャだ」

厨房に案内され、グンゾーはソメイが用意した材料を見た。芽が伸びたタマネギに、乾いたビーツ、乾燥しきったトウモロコシに、干し肉が少々。グンゾーは袖をまくり、包丁を手に取った。

手帳を託した友も、きっと餃子を作り続けている。グンゾーは友を信じていたからこそ、タマネギを切っても涙を流すことはなく、また新たな餃子を作り始めた。

（下巻へつづく）

・本書は二〇二〇年一〇月に刊行された『焼餃子』を改題し、加筆・修正を加えたものです。

・本書はフィクションであり、実在の場所、団体、個人等とは一切関係ありません。また、現在では差別的、不適切とされるような表現が含まれておりますが、物語で描かれている時代を反映させるために使用しております。

双葉文庫

は-42-01

皿《さら》の上《うえ》のジャンボリー（上）

2024年1月10日　第1刷発行

【著者】
蜂須賀敬明《はちすかたかあき》

【発行者】
箕浦克史
【発行所】
株式会社双葉社
〒162-8540 東京都新宿区東五軒町3番28号
［電話］03-5261-4818（営業部）　03-5261-4831（編集部）
www.futabasha.co.jp（双葉社の書籍・コミックが買えます）
【印刷所】
大日本印刷株式会社
【製本所】
大日本印刷株式会社
【カバー印刷】
株式会社久栄社
【DTP】
株式会社ビーワークス

【フォーマット・デザイン】
日下潤一

ISBN978-4-575-52720-9 C0193
Printed in Japan